LA FINA ENSURTS

Joan Bustos

Il·lustracions de Jorge del Corral

LA FINA ENSURTS

14è PREMI BARCANOVA
LITERATURA INFANTIL

BARCANOVA

El paper utilitzat en aquesta edició compleix els requisits mediambientals FSC, que garanteixen un circuit sostenible en tota la cadena de producció.

Mallorca, 45, 4a planta. 08029 Barcelona
Telèfon 932 172 054. Fax 932 373 469
barcanova@barcanova.cat
www.barcanovainfantilijuvenil.cat

Disseny: Laura Rodríguez

Projectes: Sara Moyano
Edició i coordinació: Muntsa Fernàndez i Emma Estañol
Maquetació: Gemma Vadillo

Primera edició: març de 2016

ISBN: 978-84-489-3924-3
DL B. 5518-2016

Printed in Spain

I realment el mirall començava a fondre's,
com una boira brillant i platejada.

A través del mirall, Lewis Carroll

Als meus pares

Índex

1

Tan bon punt va sortir la lluna plena, els nens i les nenes, seguint les indicacions dels professors, van escapar-se corrents com esperitats pel parc d'atraccions. Anaven en grupets, com se'ls havia aconsellat, i a mesura que localitzaven en el mapa l'atracció que volien, s'afanyaven per agafar-hi lloc. La muntanya russa, els autos de xoc, la gàbia..., tots els ginys eren prou coneguts, però això no impedia que els nens i les nenes s'empaitessin enmig d'un xivarri eixordador, multiplicat pel de tantes i tantes escoles que havien decidit fer la mateixa sortida exactament la mateixa nit. Qui no coneixia aleshores la sala dels miralls? A classe de Ciències els havien ensenyat que la forma dels miralls determinava que les imatges que s'hi reflectien fossin ben diferents de la realitat. No hi havia màgia, per tant; sinó pura ciència.

Malgrat tot, un bon nombre d'alumnes estaven engrescats recorrent els passadissos d'aquell laberint de reflexos, trencant amb la pròpia excitació i les seves rialles descontrolades la placidesa d'aquell racó poc il·luminat.

Abans hem dit que els nens i les nenes anaven en grups. Així els ho havien indicat expressament els mestres. Però el cert és que no tots hi anaven. Com és habitual, en les sortides tothom busca envoltar-se d'amics i amigues. Així tot és més divertit, sembla, i, per tant, és el que tothom pretén.

Però també, com és habitual, algú pot quedar-se tot sol. Sol com un mussol enmig del dia més radiant. Estem parlant, per tant, de la Fina.

Qui és la Fina? La Fina és la típica nena que sol asseure's sola a l'autocar quan se surt d'excursió. Per això havia berenat tota sola a l'àrea de servei on s'havien aturat a mig camí. Els mestres, però, no semblaven adonar-se'n, i ni a ella ni als altres nens no els devia importar gens ni mica. Les coses són com són, pensaven segurament tots plegats. I quan els mestres van donar llibertat total per recórrer el parc d'atraccions amunt i avall, tot i el consell repetit fins a avorrir («sobretot, no aneu mai sols!»), ningú no en va fer cas. Ni cap grup no la va acollir ni ella no va fer esforç per no quedar-se sola.

Tot i això, la Fina es va deixar arrossegar per un gran grup, on hi havia fins i tot nens i nenes d'altres escoles, i va acabar entrant a la sala dels miralls, igual que hauria pogut pujar als autos de xoc si la hi haguessin empès.

Com els altres nens, la Fina es va posar els guants de plàstic obligatoris, necessaris per no deixar empremtes brutes damunt dels vidres nets que deformen, escurcen i eixamplen tothom. I també com la resta de nens i nenes, va començar a recórrer el laberint de reflexos i s'anava aturant de tant en tant per fer alguna foto curiosa amb el mòbil.

Què hi podien trobar? Un mateix multiplicat per mil. O un mateix estirat com un xiclet, amb les mans arrossegant per terra. De vegades, en una sala dels miralls, fa de mal dir si vas cap a la dreta o cap a l'esquerra, si entres en una habitació o si en surts. És la gràcia que té una atracció com aquesta. Però tot i així, és impossible, perdre-s'hi.

Si vols sentir l'emoció de perdre't, cal canviar de lloc. Per més desorientat que t'hi trobis, les rialles dels altres, que es veuen més lletjos que de costum, fan impossible desorientar-s'hi. O gairebé.

De cop, es va fer el silenci. La Fina es va aturar davant d'un mirall pla, l'únic del recinte. Com si fos una trampa, o encara millor: un senyal.

El mirall pla, com és sabut, li tornava la seva imatge tal qual. Vull dir simètrica. És a dir: la dreta és l'esquerra, i viceversa.

I què hi havia davant del mirall pla?

Una cara rodoneta, plena de pigues. Un ulls verds i riallers. Una boca per on s'entreveien unes dents blanques ben arrenglerades. Una mitja cabellera negra ben pentinada amb una mica de serrell. Vaja, la Fina tal com és. Amb l'uniforme de l'escola, amb l'escut brodat ben visible a la solapa de la jaqueta. IEM-13. I al darrere del mirall? Tot de monstres deformes. Un geperut baixet a qui la bava regalimava fins a terra. Una bruixeta amb la cara inflada de tantes berrugues, a qui la punta de la barbeta arribava gairebé a tocar la punta del nas. Un zombi allargassat i maldestre, amb la boca oberta constantment emetent un molest «hmmmmmmm». I per amanir-ho tot, un uniforme escolar que es bellugava tot sol.

IEM

De cop, els monstres deformes van començar a cridar. La Fina ni es va tombar. Estava tan i tan acostumada als crits! I al que vindria tot seguit.

—Heu vist la Fina? —va demanar una veu.

—Mira que n'és de rara... —va jutjar-la una altra.

—I mai no fa pudor... —va queixar-se'n una tercera.

—És clar, què voleu? No té banyes, no té gepa, no té urpes ni ullals... —va dir l'uniforme que semblava que es bellugava sol.

Aleshores, de mica en mica, van començar a arribar altres grups de nens, que s'aturaven per mirar-se precisament al mirall que els mostrava tal com eren. Però no es miraven, en realitat, sinó que es fixaven en la Fina, sense poder reprimir comentaris entre murmuris. La nena hi hauria d'estar acostumada. Sempre, sempre, des que va començar l'escola, s'havia sentit a dir de tot. Això no impedeix que, de vegades, es pregunti per què ha de ser *tan* diferent dels altres.

—Tant de bo no comencin amb la cantarella de sempre —es va dir mossegant-se el llavi.

—La Fina és guapa, la Fina és guapa! —va començar a cridar en Borís.

Sí, en Borís, el que sempre es ficava amb ella. En Borís, el nen vampir, que per la seva condició de xucla-sang no es reflectia en els miralls.

I aleshores van començar les burles. Us les podeu imaginar, amb la cantarella típica de quan et volen fer la guitza?

—La Fina es renta cada dia!

—I és bona persona!

—I a més de ser guapa, ho *aprova* tot!

—Ha, ha, ha!

Per si aneu perduts, un aclariment. Si vius en un món que es diu Espantilàndia i no tens banyes, no arrossegues els peus, no t'agrada espantar els humans o no fas una pudor que faci caure els altres d'esquena, t'exposes que t'insultin cada dia. En aquest món, el món dels teus malsons, els pitjors insults són guapo, bo i net. És difícil de dir quin n'és el més fort. Com podeu imaginar, la pobra Fina és bona, guapa i neta i, a més, ho *aprova* tot a l'escola. Enteneu ara que els companys la deixin de banda?

Una pudor inconfusible, la que acompanyava la senyoreta Unglots, la tutora, va fer que el grup es dissolgués immediatament. La seva peculiar pudor tenia a veure, imagineu-vos-ho, amb el fet que algú li havia explicat que, per ser més atractiva, havia de deixar podrir restes de menjar a les butxaques.

—Fina, què fas tota sola davant del mirall? Com pot ser que siguis tan i tan presumida, tan guapa com ets? Surt, surt fora, no et miris més!

La nena no sabia què dir ni què fer.

—Entenc que et sentis malament quan et veus *així* al mirall, reina. Però no pateixis, d'acord? Algun dia seràs tan lletja i dolenta com qualsevol. Mentrestant, moca't, lletjona.

La Unglots li va oferir la seva màniga ronyosa. Aleshores la Fina no va saber si vomitar pel fàstic que sentia o posar-se a plorar. Si arrencava a plorar, no seria pel rebuig dels altres, que tant li feia, al cap i a la fi.

La Fina hauria volgut saber per què era l'estranya en aquell món en què li havia tocat viure.

La Fina es deia, es diu, per cert, Fina Ensurts i Fosch.

2

Com cada vespre, a l'hora en punt, la Fina s'havia llevat tota sola i s'havia preparat l'esmorzar, perdó, el berenar.

La cartera estava a punt des de la matinada anterior, abans d'anar a dormir.

Els pares de la Fina, en Corduli Ensurts i l'Horrorosa Fosch, treballaven fins molt d'hora al Ministeri del Cinema (que a Espantilàndia només pot ser de terror, oi?) i no tenien ocasió de veure la seva filla fins a l'hora de dinar, un cop acabades les respectives jornades. Però no hi feia res: la nena estava acostumada a espavilar-se pel seu compte, i a més es llevava sempre de molt bon humor. Això es notava perquè, al contrari que la majoria de la gent, encenia els llums, posava la ràdio a tota pastilla i ballava mentre berenava (nosaltres en diríem *esmorzava*) per agafar forces.

El butlletí de notícies de l'emissora local va interrompre la cançó que estava sonant per anunciar que un grup de caraculs (sí, ho heu llegit bé: caraculs!) havia sabotejat la intervenció del primer ministre al Parlament. La Fina no en va fer gaire cas, fora de demanar-se com devien ser uns éssers amb aquest nom. Com és que mai no n'havia sentit a parlar? I va reprendre, sense més ni més, el seu ball de cada vespre d'abans d'anar a l'institut.

—D'on treu la nena tota aquesta energia? —es preguntaven sovint els pares, que tenien un humor més *normal*, és a dir, tirant cap a ensopit.

Potser tenia a veure amb la dutxa diària a què la Fina se sotmetia. Ja des de molt petita, a la nena li agradava anar ben neta i pentinada. De res no van servir les indicacions del doctor Esgarip, que recomanava una dutxa mensual, combinada, això sí, amb sanes rebolcades pel femer més proper a casa.

El bon tarannà amb què la Fina acostumava a llevar-se solia mantenir-se fins que pujava a l'autobús que la duia a l'institut. Allà, tot de ciutadans monstruosos que anaven a feinejar, a l'escola o a comprar no es fixaven en algú tan estrany, de tan enganxats que encara tenien els ulls per l'hora.

Quan s'acostava a la seva parada, en ple centre de la capital, a l'avinguda de les Tenebres, cantonada amb el carrer dels Udols, començaven els murmuris, acompanyats de grunys de compassió i d'algun pet pudent escadusser.

—Pobreta!

—Tan joveneta i tan guapa!

—Ja els planyo, ja, els pares d'aquesta criatura tan poc monstruosa...

—Això deu ser una malaltia, vet aquí...

Així que entrava a l'institut començava un autèntic malson. Allà, en el millor dels casos, li feien el buit. Suposo que sabeu què vol dir això. Era com quan en Borís, el nen vampir de la seva classe, no es reflectia en cap mirall. Doncs bé: la Fina, senzillament, no existia. Era invisible. Qui voldria parlar amb algú que no sols no feia pudor, sinó que no tenia cap deformitat?

Com que sabia quin pa s'hi donava, la nena, tan bon punt arribava a classe, s'asseia a la cadira, tancava la boca i amb els seus ulls verds fingia atenció quan, en realitat, es passava les hores somiant desperta. I sabeu què somiava? Doncs un món on no jutgessin ningú per la seva aparença, pel que tenia o no tenia, ni tampoc per les seves capacitats o incapacitats. Ella no tenia escates, ni bavejava constantment, d'acord. Però això era prou motiu perquè la deixessin de banda?

La Fina va consultar l'horari, que ja coneixia de memòria, per fer temps fins que no arribés el primer professor. Així evitava les mirades fotetes dels companys. Dimecres. Set del vespre. Música. Llengua. Història. Pati. Matemàtiques. Informàtica. Tecnologia. Sopar (Va escriure amb llapis al marge: «El del menjador és un fàstic!»). Maquillatge i Encanteris. Cap a casa. Extraescolar, dinar i dormir.

La matinada de dimecres, després del sopar, era, de bon tros, la pitjor de la setmana. La Pèrfida Unglots, la tutora, titulada superior en Bruixeria, com li agradava de puntualitzar, a més de ser la tutora, els feia Maquillatge i Encanteris.

Maquillatge i Encanteris. Precisament les dues matèries en què la Fina menys se'n sortia: en el primer butlletí de notes havia tret dos bonics excel·lents!

La nena no podia entendre l'interès dels seus companys a modificar-se les cares, ja prou espantoses, amb cicatrius, bonys i grans addicionals de pega. I per rematar la jornada, aprendre i practicar petits maleficis per fer la guitza als humans. Fer la guitza als humans! Això ja passava de taca d'oli! La Fina no comprenia la utilitat d'empipar algú, i molt menys si mai no hi havia de coincidir.

—Senyoreta Unglots, des de quan els humans vénen a fer turisme a Espantilàndia? —se li va acudir de preguntar el primer dia de classe a l'institut.

—Un no sap mai quan haurà de fer servir el que s'aprèn a classe. La vida és imprevisible —va haver de pregonar a crits la Unglots, davant el xivarri indignat de tota la classe.

La Fina, però, feia el que podia, i encara que fos a contracor, intentava memoritzar rituals en llengües antiquíssimes que feien créixer el nas, canviaven la veu o provocaven que els cabells es cobrissin de caspa. En alguna ocasió, fent un esforç titànic, la nena aconseguia sortir-se'n i aprenia quatre cosetes per *suspendre* (nosaltres en diríem *aprovar*) justet justet un parell d'assignatures, no pas perquè hi tingués cap interès, sinó per no amoïnar els pares.

Però el més habitual era que la Fina quedés embadalida mirant per la finestra, fixant-se com un pollet bellugava les ales al niu per començar a volar o com la brisa de la matinada gronxava una flor quan ja s'intuïa la sortida de sol.

El pitjor de tot era no poder compartir les seves troballes amb ningú.

La Fina sabia del cert que qualsevol al·lusió que no fos tètrica, horrorosa, espantosa, terrible i un llarg etcètera de coses negatives (per a nosaltres els humans) era impossible d'entendre per tothom. Sí. Decididament la Fina no era com els altres.

«Que absurd anar-se'n a dormir en ple dia i perdre's la llum i l'escalfor del sol!»

La Fina va escriure això a corre-cuita quan sonava el timbre per marxar a casa. En Borís li va dedicar una mirada plena de menyspreu i, tot seguit, va murmurar alguna cosa divertida a un grup de nens i nenes.

Divertida per a ells, però no per a la nena, perquè segur que es reien d'ella, i només es contenien d'anar a empipar-la perquè la Unglots es feia la manicura de les urpes amb una llima nova, ben rovellada, regal d'un pretendent zombi que li havia robat literalment el cor.

3

La classe va quedar a les fosques després de l'explicació introductòria del professor Ombrívol, el monstre de Socials. El dia anterior havien començat a veure i comentar una pel·lícula i ara tocava acabar-la. Els nens i nenes de 1r Z de secundària de l'IEM-13 seguien a la pantalla, amb un interès evident, com el pare Noel entrava per les xemeneies i deixava regals de tota mena a les llars.

Van ser molts els qui no van poder reprimir un somriure de complicitat en veure com aquell pare Noel esprimatxat i sinistre, que en realitat es deia Jack Skellington, repartia, com si res, regals que horroritzaven els destinataris: serps que engolien arbres de Nadal amb els llumets encesos, corones de boix grèvol que miraven amenaçadores i que provocaven crits de terror.

La Fina, com era habitual en ella, només parava atenció de tant en tant. Havia llegit no recordava on que el Nadal, una festa humana que no acabava d'entendre, no tenia res a veure amb ensurts, sinó amb la il·lusió de grans i de petits. A què treia cap aquella pel·lícula, aleshores?

On era l'esperit del Nadal en aquella mena d'espantaocells espectral que anava acompanyat d'un gos fantasma?

El film es deia *Malson abans de Nadal* i era obra d'un humà anomenat Tim Burton. Un humà tan especial que, segons deien, qualsevol dia el primer ministre, Trèmol T. Terror, el convidaria a visitar Espantilàndia.

La Fina s'avorria tant que després de deixar anar un badall descomunal, amagat per la banda sonora de la pel·lícula, es va adormir a classe.

—Ja no vindrà d'aquí. Tampoc no deurà ser la primera vegada... —es va dir mentre tancava les parpelles.

I el seu últim pensament abans de començar a somiar immediatament va ser que ja es despertaria quan obrissin els llums. En el seu somni, tothom era *rar* com ella. Es llevaven al matí, es dutxaven i després de berenar, perdó, d'esmorzar (en deien així), marxaven de casa per fer el que els correspongués.

En aquell món que es despertava després que sortís el sol, la gent tenia por de la foscor i als nens i nenes no els explicaven històries de fantasmes, per exemple, abans d'anar a dormir. Fins i tot, i això va ser el que més va sorprendre la Fina, ningú no es ficava amb els altres per la seva aparença.

«Com m'agradaria viure en un món així!», es va dir la nena en el seu somni. Hauria continuat dormint fins a vés a saber quina hora si no hagués estat pels udols i els brams que al principi va associar al seu somni. Però no, eren ben reals: els nens i les nenes de la seva classe es planyien de la manera més sorollosa que poden fer els monstres de totes les menes.

—Què... què passa? —va exclamar-se la Fina, tota trasbalsada.

En veure la pantalla ho va entendre tot immediatament. Els seus companys de classe (nens llop, fantasmes, zombis, mòmies, vampirs i tota la varietat d'éssers que fan por que us pugueu imaginar) ploraven de terror. Sí, ho heu llegit bé. De terror!

En Jack Skellington, el pare Noel de pega, a les regnes del seu trineu de rens esquelètics, esquivava com podia les canonades amb què els humans el volien fer caure. Quin era el seu delicte? Capgirar el sentit del Nadal. En comptes de llum, foscor. En comptes de bons sentiments, ensurts a dojo. Vaja, un patiment rere l'altre. I els humans ja n'havien tingut prou.

—Mama, por! —va ser el crit unànime d'aquells monstres de dotze anys.

Mentida. No pas de tothom.

A la Fina se li va escapar un crit molt diferent.

—Visca!

La nena s'alegrava moltíssim que aquell pare Noel dolent i prim fracassés i acabés abatut per terra.

De cop es va fer el silenci a l'aula. Un silenci que anticipava alguna cosa dolenta per a la Fina.

L'Ombrívol va aturar la pel·lícula i va encendre de cop tots els llums, cosa que va fer que molts d'aquells nens monstruosos protestessin sorollosament.

—Qui ha estat? —va demanar el professor mentre es gratava amb l'índex brut la seva monumental gepa, de la qual estava molt orgullós.

No va haver-hi resposta. Tothom sabia que havia estat la Fina, però denunciar una companya, encara que fos la *rara* de la classe, no estava ben vist. Ja la trobarien, pensaven tots.

Després de la pertinent reflexió, a la qual tothom va fer el sord, per descomptat, l'Ombrívol va reprendre la projecció de la pel·lícula. Però ja ningú no en feia cas.

A un senyal d'en Borís (no podia ser de ningú altre!), els mòbils van començar a escopir missatges d'odi contra la Fina, que va haver de posar els xats en silenci. Podeu imaginar-vos, però, què li deien.

A l'hora d'Educació física la nena va aconseguir esquivar miraculosament totes les travetes. Però a classe de Maquillatge li va impactar a la cara una bola de fang ben llefiscosa que el mateix Borís, aplaudit per tothom, li va llançar.

I tot sense que la Unglots, més pendent del seu mòbil que del que passava a classe, semblés adonar-se'n.

A l'autobús de tornada cap a casa, un nou missatge va fer que la Fina s'estremís. Com? Si havia silenciat els xats de la classe!

«Tot bé avui a l'*insti*, lletjota meva?». Era la mare.

Quan la Fina va prémer el teclat per enviar la resposta (un polze cap amunt i una carona somrient), una llàgrima enorme i amargant lliscava per la seva cara plena de pigues.

4

—M'ha cridat, senyoreta?

La Fina va fer aquesta pregunta a la seva tutora, la senyoreta Unglots, que seia al seu despatx de coordinadora de primer i de segon prenent, com solia, una infusió d'allò més repugnant.

—Sí, passa, Fina. Seu.

El somriure de la Unglots, un somriure corcat i ample que mostrava uns ullals sinistres, no presagiava res de bo. La nena sabia que la tutora l'havia fet venir per comentar les notes. La Fina no se'n sortia. Novament, tot eren notables i excel·lents!

Això no és el que s'espera quan estàs matriculat en un prestigiós institut, l'IEM-13 (Institut d'Ensenyament Monstruós número 13), on els alumnes són aprenents de bruixes i de monstres que es preparen per repartir ensurts i maleficis pertot arreu.

No era la primera esbroncada, ni possiblement seria l'última. La nena, com sempre, es limitaria a escoltar fingint molta atenció, no es bellugaria gens, prometria el que li exigissin i després demanaria permís per marxar.

—Has de portar-te malament. Has d'esforçar-te cada dia una mica per ser dolenta. Si continues així, no faràs cap malefici ni cap ensurt el dia de demà! Que no ho veus?

Això va ser la traca final. La nena va fer que sí amb el cap. Mentre s'aixecava, va arrufar el nas. La Unglots havia buidat el pap, segons el seu costum, i això incloïa una cosa que tothom veia normal però que a la Fina li repugnava: deixar anar un reguitzell de pets.

—Si no t'hi poses, trucaré als teus pares. Ho sents?

La Fina va fer que sí educadament. Prou bé que ho *sentia* tot. Li sabia greu la situació i entenia el missatge de la tutora. Però per començar estava fins al capdamunt de les pudors del despatx de la Unglots.

—Que m'has de dir res, Fina? —va demanar-li la professora quan va veure que la nena no es decidia a marxar.

—No, senyoreta.

El cert era que sí. La Fina hauria volgut afegir moltes coses al monòleg de la tutora. Més que preocupada, la nena se sentia cansadíssima que els companys es fiquessin amb ella. Li deien guapa, bona i neta. I s'ho passava fatal.

D'acord, no era gaire lletja, sinó més aviat bufona. Però això és imperdonable en una terra anomenada Espantilàndia, que exporta monstres, maleficis i històries de por per al consum dels humans. Però el pitjor venia ara que s'acostava Halloween, que coincidia amb el final de curs monstruós. S'ho veia a venir: li tocaria fer un treball pràctic per recuperar assignatures *aprovades*. Això significaria una llista detallada de maleses per repartir: berrugues, ulls de poll, trencadissa de plats, ensurts... Perquè ella, cosa estranya, no hi trobava el què, a fer la guitza a ningú. Això feia que els companys i companyes de l'institut la martiritzessin cada dia dient-li el nom del porc: guapeta, boniquetota, bonassa, netona, guapibona, guapinetiboneta i altres coses similars que us estalviem, perquè cansen. Encara que ella fes veure que no, sentir-se dir tants insults acaba destarotant qualsevol. Així no hi havia manera de concentrar-se per *suspendre* com cal!

«Per què sóc tan i tan diferent?», solia preguntar-se amb tristesa, mentre es mirava, de reüll però sense enveja, les gepes, les banyes, les cicatrius i les urpes dels monstres que tenia per companys.

Ella no s'hi assemblava gens. Però no per això la gent, com en Borís i els seus amiguets s'havien de ficar amb ella. I si era diferent per alguna raó desconeguda?

Decidida a parlar-ne clar amb els pares, va anar directament a casa. No tenia ganes de fer l'extraescolar que li tocava: Expressió corporal zombi. Se sentia tan ridícula caminant com si fos imbècil mentre deixava anar esgarips.

Tota decidida, va agafar l'autobús, amb la caputxa de l'abric posada per evitar comentaris. Tot i això, la nena va veure des de la finestra com la policia havia acordonat l'entrada nord del parc de l'Espant. Aleshores va recordar que en les notícies de la tele, mentre era a taula amb els pares, havia sentit alguna cosa sobre una festa multitudinària convocada pel líder suprem dels caraculs, en Galtes Peludes III.

La passió extrema d'aquells éssers per les begudes amb gas, informava el locutor, els havia dut a arrasar el parc a còpia de llufes i rots. La devastació havia estat tan enorme, que s'havien hagut de practicar detencions. Encara que haguessin anat de pet a arrestar-lo, en Galtes Peludes III, més conegut com a Tercer a seques, s'havia fos miraculosament i a hores d'ara era fugitiu de la justícia.

En qualsevol altra ocasió la nena se n'hauria rigut obertament. Caracul. Galtes Peludes.

Tenia la seva gràcia. Però no. No estava per orgues. Va decidir, amb tristesa, que mentre no arribessin els pares, que solien ser a casa amb prou feines per preparar el dinar, escoltaria música a la seva habitació. Sense ballar.

—Passa, filla. T'estàvem esperant —va dir una veu cavernosa, la del pare.

Què passava? En Corduli Ensurts i l'Horrorosa Fosch, els pares de la Fina, havien plegat de la seva feina al Ministeri del Cinema poc després de mitjanit! Què volia dir allò? La nena va deixar anar un somriure, però no va poder evitar que fos trist. Sabia que els pares, lletjos tal com tocava en el món on vivien, se l'estimaven molt i es preocupaven per ella.

—Veuràs... Tu saps que no ens importa que siguis una estudiant... amb dificultats... —va començar l'Horrorosa.

—Encara menys que siguis..., diguem-ho clarament..., guapa i bona nena... —va continuar en Corduli, tot gratant-se els bonys del crani.

On volien anar a parar els pares? Quina una en duien de cap?

—Però no dubtis ni un moment que, digui el que digui la gent, t'estimem tal com ets —van pronunciar tots dos alhora.

Semblava que feia temps que tenien preparat el discurset.

—I com que no volem que pateixis, hem pensat un canvi... —va anunciar en Corduli.

A què es referia el pare?

—El que hem decidit, filla, és que el millor per a tu és que te'n vagis a estudiar lluny. Al món dels humans on tota la gent és... ra... diferent, vull dir, com tu.

En dir això, l'Horrorosa es va arrencar sense voler un grapat de pèl del braç i es va fondre en una abraçada afectuosa amb la seva filla. En Corduli s'hi va afegir enmig de la foscor de la sala d'estar. Per reblar la tendresa del moment, tots els ratpenats mascota van sortir volant del racó deixant anar xiscles.

—I on viuré? Amb qui? Si acabo de fer dotze anys! —va aconseguir dir la Fina enmig dels sanglots emocionats de tots tres.

Aleshores, l'Horrorosa va treure una foto arrugada i bruta de la seva túnica apedaçada. La imatge representava una dona de mitjana edat d'aspecte agradable.

(Convé recordar que a Espantilàndia l'adjectiu *agradable* no és, de cap de les maneres, un compliment.)

—Aquesta és la tieta Tereseta —van dir els pares alhora, tot eixugant-se les llàgrimes.

—Però si és *guapa*! —va replicar la nena.

—Això no és el pitjor. És bona persona i, a més, cuidarà de tu i t'ensenyarà el que cal per viure amb els humans —va afegir en Corduli.

No cal dir que, amb l'emoció del moment, tots tres es van abraçar encara amb més força, tanta, que el llop domèstic va udolar com si de sobte hagués sortit la lluna plena al menjador. Això, vull dir, la demostració d'afecte i de tendresa, significa exactament el mateix a casa nostra que a Espantilàndia. Perquè els monstres també tenen el seu cor.

—Ostres! Què és aquesta pudor? —va demanar de cop i volta en Corduli.

—Ho sento! —es va excusar la Fina mentre envermellia. Amb l'emoció se li havia escapat un pet.

—T'estimem tant, que et devoraríem! —van exclamar-se alhora en Corduli i l'Horrorosa entre crits esgarrifosos, a un volum tan alt que no es va sentir la resposta amorosa de la filla.

5

Res no va canviar a l'escola, però era com si hagués canviat tot. Des que la Fina va saber que ben aviat viatjaria al món dels humans per quedar-s'hi un temps, tant li era avorrir-se a classe. Fins i tot trobava a faltar els comentaris feridors i les *bromes*, que no ho eren, perquè una broma fa riure a qui la fa i a qui la rep, d'en Borís. El vampir l'havia deixada en pau des que ella el va enlluernar amb un mirall a classe de Ciències. De vegades —reconeixia la Fina—, si un parava atenció, podia aprendre coses interessants, com, per exemple, empipar com una mona un vampir amb un raig de llum concentrat, reflectit en un mirall còncau. Igual dels de la sala dels miralls del parc d'atraccions. La Fina va quedar molt sorpresa de la reacció de pànic d'en Borís i fins i tot li va saber greu. Però d'aquí a disculpar-se, com pretenia la Unglots, hi havia un llarg camí.

La Fina se sentia forta, perquè ben aviat perdria de vista aquell món fosc, pudent, tètric, on s'havia vist obligada a viure per un caprici de l'atzar. Què hi pintava, allà, amb totes les seves rareses i tots els seus gustos, oposats als de tothom, incloent-hi els dels pares?

Sempre havia estat així. Des que era molt petita, la Fina s'entossudia a dibuixar sols i

floretes de coloraines, davant el desconcert i la incredulitat d'en Corduli i de l'Horrorosa i el rebuig dels altres nens i nenes.

—Què hem fet malament? —es culpabilitzaven, pobrets, els pares de la Fina molt sovint.

I ningú, ni metges, ni psicòlegs, ni pedagogs ni logopedes (la nena mai no va aprendre a emetre sons per espantar, ja sabeu de què parlo, oi?) no van ser mai capaços de trobar el perquè de tantes diferències.

Fins que... fins que en Corduli, tan desesperat com l'Horrorosa, es va veure amb cor de confessar a la seva dona que tenia una tieta *rara*, és a dir, similar a la filla de tots dos, que vivia des de feia molt de temps al món dels humans.

—Són coses de la genètica, ves —va concloure enmig de brams de tristesa.

Precisament era això el que sentia la nena a mesura que s'acostava la data de la seva marxa.

«A final de mes, a final de mes s'acabarà aquest malson», es deia quan hi havia alguna cosa que l'amoïnava o la feia sentir malament.

Però en comptes d'alegrar-se'n i prou, li sabia greu allunyar-se, qui sap per quant de temps, dels seus estimats pares. I a aquesta tristesa s'hi afegia un sentiment desconegut fins ara. Era més que la incertesa de no saber què hi trobaria, en aquell món que semblava tan perfecte. Era directament por. La Fina havia viscut sempre envoltada de monstres, i tot i no ser-ho, no havia patit mai cap ensurt. I ara que es preparava per anar a viure amb gent com ella sentia por.

A les matinades li costava molt adormir-se. De vegades es preguntava com seria la música humana. Se la imaginava brillant i plena de matisos: res a veure, doncs, amb la música tenebrosa i discordant del seu món. En més d'una ocasió va estar a punt d'obrir el llibre que el pare li acabava de regalar. Es deia *A través del mirall*. En aquest llibre, una nena anomenada Alícia entrava en un món diferent fent-ne servir precisament un, de mirall.

Però no. La nena es deia que les novel·les tenien el mateix valor que les historietes de por que Espantilàndia exportava al món dels humans. És a dir: cap. Segur que *allà*, a l'altra banda, al món de la tieta Tereseta, un món seriós i científic, no estaven per romanços. Però, i si al cap i a la fi tampoc no encaixava en un món que no era el seu? I si podia més l'enyor de casa seva que el malestar de viure a Espantilàndia?

Que difícil que era créixer i començar a fer-se preguntes per entendre el món, fos quin fos!

6

La Fina amb prou feines havia aconseguit dormir la matinada abans de marxar cap al món dels humans.

Els pares tampoc no havien pogut agafar el son: els seus ulls monstruosos tenien unes ulleres més profundes que de costum, i això no és bona cosa ni al seu món ni al nostre.

Van berenar (és un dir, perquè no van tocar els plats) en silenci, i també en silenci en Corduli va conduir fins a la terminal central de transports M-3.

Un funcionari rodó i pelut, que semblava estranger, va comprovar la validesa del passatge de la nena mossegant-lo i en va escopir el resguard a terra.

—Hjhhrmsztvprr! —va exclamar-se per fi amb un posat avorrit.

L'Horrorosa, que parlava idiomes, va traduir el gruny.

—Ha dit que hem d'anar cap al passadís 9 i que el nostre mirall és el 3-B. Encara hi ha temps. A més, pel camí trobarem la cafeteria per si ens ve de gust prendre alguna cosa. I ja cal que vigilem, que el terra està acabat de fregar.

La Fina va pensar que l'idioma d'aquell monstre deia molt amb molt poques paraules, vull dir, grunys. Vaja, que era un prodigi

d'economia. Un discurs polític d'allò més dens podria durar, a tot estirar, un parell de minuts.

La Fina no sabia —i és possible que vosaltres tampoc— que per viatjar d'Espantilàndia al món dels humans i viceversa el mitjà de transport és el mirall. Un mirall especial, per descomptat, que cal traspassar en el moment adequat, com qui fa córrer una cortina. Fer-ho a destemps provoca, en el millor dels casos, emportar-se tot de nyanyos i, segons com, talls la mar de lletjos tant a Espantilàndia com a casa nostra.

La terminal M-3 és un veritable laberint farcit de passadissos, escales i racons foscos, presidits pels taulells de les diverses companyies de transports intermundials. Viatgers de totes les races monstruoses hi feien cua amb més o menys resignació. Als panells informatius, modificats amb freqüència, hi apareixien els noms dels viatgers, l'hora de sortida i també el mirall de transport, però una errada del sistema informàtic, segons pregonaven els altaveus, havia provocat retards que s'acumulaven, amb l'enuig conseqüent dels viatgers.

Aquells retards es feien especialment llargs i feixucs en les línies aèries anomenades *low-cost* en aquell món i també en el nostre.

—Les coses barates surten més cares —solia dir l'Horrorosa.

Malgrat els nervis, tots tres no van poder evitar un somriure en veure un treballador d'una companyia *low-cost* fent passar un descomunal monstre de Frankenstein per un marc de mirall de mida ridícula, això sí, amb un sistema d'allò més eficaç: una puntada de peu al cul.

—Bon viatge, senyor, i gràcies per viatjar amb nosaltres! —va tenir la barra de dir-li.

La Fina i els pares es van aturar per fi davant del mirall 3-B del passadís 9. Era gairebé l'hora prevista de sortida. La companyia que els pares havien triat tenia fama de puntual. Calia afanyar-se.

La Fina es va acostar a la superfície brillant, on es va veure reflectida. Al seu darrere, els pares no es decidien a marxar, tot i que s'havien acomiadat diverses vegades pel camí. Que difícil que se'ls feia! La nena va intentar dedicar-los un somriure mentre els mirava de dalt a baix.

El pare duia un vestit negre ben elegant i apedaçat. Era calb, prim i pàl·lid, d'una blancor fosforescent. Se sentia especialment orgullós del seu gep, que canviava de localització a l'esquena segons l'estat d'ànim. Els seus ulls emetien pampallugues. El somriure forçat, perquè per més que fingís es notava que estava trist, deixava entreveure uns ullals esmolats i magnífics.

La mare vestia sempre de blanc. Era baixeta, grassoneta i peluda, i portava la cabellera blanca esbullada. A diferència del seu home, de tacte llefiscós, l'Horrorosa s'havia de depilar el cos cada dia. En ocasions importants, duia ulleres fosques a través de les quals s'intuïen els seus ulls vermells com bombetes.

El contrast evident entre tots dos havia donat els seus fruits: d'actors de cinema en la seva joventut, havien acabat ocupant sengles càrrecs importants en el Ministeri. En Corduli i l'Horrorosa podien ser molt diferents d'aparença i fins i tot de tarannà, però en

3A
3B
4A

una cosa coincidien sense cap mena de dubte: s'estimaven amb bogeria la seva filla. Amb totes les seves rareses. Però Espantilàndia no era un món per a ella.

Quan l'altaveu va anunciar la sortida imminent, la parella no va aconseguir contenir udols i brams monstruosos de pena. La nena va intentar correspondre'ls igualment, però no se'n va sortir. Sí que va arrencar a plorar amb ganes, i això va trasbalsar tant en Corduli i l'Horrorosa, que, per primer cop en la vida, d'aquells ulls terrorífics van brollar minúscules llagrimetes.

—Adéu, filla, lletja meva! Escriu-nos sovint! —va bramar el pare.

—Truca'ns, truca'ns, millor! T'estimem molt, filleta, tant, que et devoraríem, recorda-ho sempre... —va udolar la mare.

Però la Fina no els va sentir. Havia començat el seu viatge.

7

Travessar el mirall va ser com sortir al carrer quan plou: fa més impressió abans de fer-ho que quan ja estàs sota la pluja. Aquesta era la sensació al principi, com travessar una finíssima cortina d'aigua que semblava evaporar-se de seguida.

I de cop i volta, el silenci. Un silenci que ni tan sols trencava la maleta amb rodes lliscant pel passadís. La Fina era al començament d'un corredor tenebrós, on no semblava que hi hagués parets. Gairebé sense llum i sense sorolls, només l'olfacte podia indicar-li el camí. A l'esquena encara hi surava l'olor de florit del seu món d'origen. Davant d'ella, tot de flaires que no coneixia i que, en arribar-li al nas, la feien somriure malgrat la por que experimentava.

—He de continuar endavant —va pronunciar la nena, o això va creure que feia, perquè la seva veu no sonava. Va intentar cridar, però no se'n va sortir.

Aleshores va sentir com l'embolcallava una música hipnòtica, talment la banda sonora d'una pel·lícula. Com si la seva vida fos una pel·lícula o al revés, ben bé no ho sabia. Una melodia desencaixada només per recalcar que aquell era un moment important de la seva vida.

—Però... com? —va voler pronunciar, però no va poder pel volum de la música.

Abans d'arribar a amoïnar-se va topar amb un nou mirall i es va fer el silenci. Va estendre la mà i el tacte fred de la superfície va ser molt clar: aquell no es podia franquejar. Es tractava d'una avaria? I per què la música havia marxat tan ràpidament com havia aparegut?

S'hi va veure reflectida. Al darrere, ben lluny, hi havia una escletxa de llum arran de terra, com la que es projecta en la foscor des de dins d'una habitació tancada. Quant de temps feia que era en aquell espai de ningú? Havia de treure el mòbil? Però a qui podria trucar?

De nou, sense poder entendre com ni quan, la Fina va experimentar la sensació de mullar-se lleugerament que havia tingut abans.

Una llum sobtada la va enlluernar amb tanta força, que es va tapar els ulls instintivament amb les mans. La maleta va començar a rodolar sola per un pendent que intuïa de cua d'ull.

Quan va tornar a veure-s'hi, la Fina estava asseguda en una butaca d'orelles molt còmoda, en una sala d'estar. Com hi havia arribat? I, sobretot, com era que duia posada una roba diferent de la que portava quan havia sortit? Hi havia alguna cosa que li era familiar en aquella estança.

Les rajoles del terra tenien el mateix disseny que les de casa seva. El quadre que penjava de la paret era el mateix que el que hi havia a casa seva: representava un castell en ruïnes al capvespre. El castell de l'avi Bramul, li havia explicat el pare. La Fina estava perplexa perquè sabia on era. És clar, era a casa seva! Com és que no havia servit de res travessar dos miralls?

Aleshores va parpellejar i es va refregar els ulls amb els punys tancats. Sí, certament les rajoles eren iguals. I el quadre de la paret. I els mobles també. Però eren iguals com ho són les imatges a banda i banda d'un mirall. Allà on era en aquell moment i casa seva *semblaven* el mateix lloc. Amb una diferència, però. Millor dit: dues.

La llum i la claror d'allà eren senzillament impossibles a Espantilàndia. I el que a casa seva era a la dreta allà era a l'esquerra.

Aleshores li va arribar una olor deliciosa i de cop li va venir molta gana. No havia menjat res en llevar-se, va recordar.

La nena es va aixecar. Si aquella casa era com la seva, sabia cap on s'havia de dirigir.

—Fina? Ets tu, guapíssima?

La nena no va tenir temps d'arrufar el nas. Fet i fet, va pensar de seguida, la veu que la cridava pel seu nom era dolça. I *guapíssima* no era cap insult, al món humà.

Una dona gran, vestida amb colors llampants, perfumada i maquillada amb molt bon gust (o això li va semblar a la Fina) la mirava des del llindar de la cuina. Lluïa un somriure sense ullals i esperava la nena amb els braços ben oberts. I l'expressió de la cara feia pensar en les velles fotos de l'avi.

—Sóc la teva tieta Tereseta —va anunciar amb una veu que semblava cantar a cada inflexió—. Però pots dir-me Teté i prou.

Només per un segon, quina bestiesa, li va passar pel cap que la tieta es digués Iprou de cognom. Però això no era possible: si era tieta del pare, és a dir, germana de l'avi Bramul, s'havia de dir Ensurts, com ella mateixa.

—I jo sóc la teva neboda Fina —va respondre en un to de veu tan fluix, que la dona no la va sentir.

—Vols esmorzar? T'agrada fer pastissos? Vols que després anem a passejar? I a comprar? És el primer cop que viatges? T'agrada aquest món? Els teus pares estan bé? Vols que t'ensenyi la teva habitació? Tens ganes de començar l'escola?

Per primer cop en la vida, la nena va envermellir amb una barreja de vergonya i alegria. No era solament per l'abraçada monumental d'una desconeguda, sinó, sobretot, perquè la resposta a totes les preguntes que la Teté li acabava de formular era la mateixa.

—Sí!!!

I quan la Fina va intentar rugir amb entusiasme, li va sortir un esgarip tan ridícul, que totes dues van acabar per terra, cargolant-se de riure.

8

L'endemà, mentre la Fina i la Teté esmorzaven amb tranquil·litat perquè era dissabte, la nena no sabia on mirar. Hi havia tantes coses, tantes maneres de fer, fins i tot tantes paraules desconegudes...!

El primer que la va sobtar va ser l'horari: després de dotze anys de llevar-se al vespre, segons el costum del seu món d'origen, la Fina, tot i escoltar amb atenció el que la tieta li explicava, no podia deixar d'admirar la llum que s'escolava per la finestra. A través de les cortinetes de la cuina, una cuina semblant a la de casa seva, s'intuïa el sol tímid del matí d'un dia de tardor.

—M'ha agradat molt el berenar..., Teté —va dubtar la nena, perquè encara no sabia ben bé com adreçar-se a aquella senyora a qui, com són les coses, s'assemblava força.

—Es diu *esmorzar*, Fina, *esmorzar* —va dir somrient la dona. I es va aixecar i va començar a desparar la taula—. Has dormit bé, doncs?

La nena va fer que sí amb el cap. Totes aquelles novetats la il·lusionaven d'allò més. Mentalment es va apuntar que *sopar* era al vespre, quan ja ha enfosquit, i que la nit (ves qui ho diria!) és per dormir *o per sortir a*

ballar, segons li havia aclarit la Teté. I sobretot sobretot, es va apuntar, encara que li semblés ben estrany, que *guapa* és un elogi. De cap manera un insult.

—Sabies que ets molt guapa? —va dir sense venir a tomb la Teté quan eren a la porta, a punt de sortir per fer una passejada.

La nena va quedar ben parada. Era com si li haguessin llegit el pensament.

Tot i això, va fer el sord a aquella pregunta, o això li va semblar a la tieta, i en va formular una altra mentre es cordava l'anorac de colors ben vius que estrenava, regal de la Teté.

—Com és que m'assemblo a tu, tieta, i no als meus pares? Fet i fet, tu ets la germana del meu avi.

—Però que mona que ets! —va ser la resposta de la Teté, que li va pessigar amb suavitat la galta.

Per un moment, a la nena li va venir al cap la imatge d'una ximpanzé vestida com una nena, amb un llacet al cap i tot, i aleshores no va saber ni què dir ni què pensar.

Van recórrer les voreres atapeïdes de gent que comprava o que només badava, com elles dues. Al migdia, van seure en una terrassa a prendre un refresc mentre miraven els nens i les nenes que jugaven als gronxadors del parc. La Fina no se'n sabia avenir, de tantes meravelles juntes!

Li van cridar molt l'atenció els noms dels carrers: carrer del Sol, passeig de la Llibertat, plaça del Mar, avinguda de la Humanitat... Res a veure, doncs, amb els bulevards de les Tenebres, les places Sinistres o els passatges del Terror tan habituals en les ciutats del seu món.

El millor de tot, es deia la nena, era que totes dues passaven desapercebudes en un món sense monstres. I cada cop que s'aturaven davant d'un aparador a tafanejar el que hi havia, començaven a fer ganyotes, copiant-se l'una a l'altra. Fins que a la Fina li va passar pel cap que era una versió reduïda, infantil, de la tieta. Com era possible?

Per dinar van menjar amanida i pizza en un restaurant petit i bufó, on coneixien la tieta i on de seguida es va sentir còmoda. Quan la mestressa li va dir que era guapa, la seva resposta va ser posar-se una miqueta vermella i respondre immediatament: «gràcies». La Fina, tot i ser tan i tan lluny de casa i dels seus pares, era feliç com un anís en aquell món...

En aquell món lluminós...

En aquell món lluminós i perfecte.

Perfecte. Sí, aquesta era la paraula exacta per definir-lo.

—M'agrada molt el *teu* món, Teté. Tot aquí és increïble! Vull viure aquí per sempre! —va dir exaltada la nena, de cop, quan ja prenien les postres.

La tieta va deixar de somriure, també sobtadament, va rebregar el tovalló de paper, es va inclinar cap endavant i va començar a parlar en veu baixa, com qui fa una confidència incòmoda.

—Els mons no són de ningú. Aquest no és *meu*, com tampoc no era *teu* allà d'on véns. Un ha de mirar d'adaptar-se allà on li toca ser. I no, no t'enganyis —va afegir molt seriosa després d'una petita pausa—: ni el *teu* món no és del tot dolent ni aquest és tan bonic com et sembla ara. Ja ho comprovaràs.

La nena va fer uns ulls com unes taronges, perquè no sabia del cert si estava entenent el que la Teté li explicava. Però sí que li semblava que, sense voler, havia ofès la tieta i va balbucejar una disculpa maldestra. Per tota resposta, la dona li va agafar la mà i li va preguntar dolçament:

—Què en saps, del teu avi Bramul, el meu germà?

La Fina va fer un gest amb les espatlles que en tots dos mons volia dir el mateix: «no gaire». Aleshores, la tieta la va convidar a tornar passejant cap a casa.

—S'ha fet tard, oi? —li va preguntar mentre recuperava el somriure.

«Que estrany!», va pensar la nena, perquè creia que, tot seguit, li explicaria alguna cosa de l'avi. Però no va ser així.

9

—Us presento la vostra nova companya, la Fina Estruch i Folch —va anunciar l'Elisenda, la tutora de la classe de 1r B d'ESO, que era, a més, la professora de Llengua.

L'Elisenda va continuar parlant uns segons més, però la nena ja no se l'escoltava. El que estava dient eren tot mentides inventades per la Teté, començant pels cognoms (Ensurts i Fosch no semblaven gaire humans), perquè ningú no havia de saber que venia d'un món monstruós. Tot i haver amagat el més important, la Fina no podia evitar morir-se de vergonya, allà dreta, davant de tothom, enmig d'un silenci que no era tal. De fet, de tot arreu li arribaven comentaris en murmuris, gens dissimulats.

La cara li bullia ara que la professora per fi havia callat, i en els segons eterns de silenci que hi va haver, la Fina va buscar una cara que li donés suport. Una cara, la que fos, que li digués amb l'expressió alguna cosa com ara: «Ei, que bé que vinguis a la nostra classe». O potser no tant. N'hi hauria prou amb: «Mira, no em fa res que t'asseguis al meu costat».

«Bingo!», va pensar de cop la nena. Ja havia trobat la cara amiga!

Una nena rodanxona, vestida amb samarreta i texans negres, li somreia i la convidava a seure al seu costat. Algú aleshores va fer «txu-txuuu», que arreu dels dos mons era el soroll que feien els trens quan funcionaven amb carbó, i la professora, davant el desconcert de la Fina, va demanar silenci.

—Mira, Fina, precisament has de seure aquí —i va assenyalar el lloc que hi havia al costat de la nena que li havia dedicat el somriure i que no feia cas dels imbècils que imitaven un tren, amb tota seguretat per fer-la enrabiar.

—Hola, sóc la Mia i no tinc gaires amics, com veuràs de seguida, però m'encantaria que tu i jo ho fóssim —va etzibar-li així, d'una tirada, sense poder amagar del tot un posat trist per sota del somriure sincer.

La Fina començava a entendre per què la Teté deia que aquell món no era perfecte. Havien escoltat amb atenció les notícies i en molts llocs les coses no estaven per tirar coets. Hi havia guerres cruels, malalties terribles, injustícies que no tenien cap explicació, misèria pertot arreu.

I tot just ara, per rematar-ho, s'adonava que algú es burlava de la Mia per alguna raó incomprensible. Potser era perquè volia ser amable amb ella, una nena nova? Per què eren tan dolents amb la Mia? A la seva escola d'abans, una rebuda com aquella era, senzillament impossible. I encara més per a algú de tan poc monstruós com la Fina.

A l'hora del pati la Mia li va presentar els seus dos únics amics a la classe: l'Enric i la Carla. I la sospita es va confirmar. Hi havia alguna cosa que no rutllava. Se sentia molt bé amb aquells tres nens. Era com si es coneguessin de tota la vida. Xerraven de tot i de res, i reien molt, sense que, per descomptat, en cap moment, s'entreveiessin ullals esmolats o llengües viperines. Però la Fina seguia de reüll les mirades d'un grupet i els crits que feien. Al ja conegut d'una màquina de tren antiga, hi van afegir el soroll d'un elefant i el d'un nadó que plorava.

—Perdoneu —va interrompre la Fina—. Hi ha coses que no entenc gaire bé. Què són aquests crits? Per què els fan?

I va assenyalar el grupet, a la pista de bàsquet. Què tenien d'especial, els nous amics de la Fina? Ells mateixos li'n van fer cinc cèntims. La Mia era, com hem dit, grassoneta, i li deien la Tren perquè, segons aquells idiotes, pesava tant com una locomotora. La Carla era orelluda, i encara que ho intentés dissimular amb els cabells llargs, li deien l'Elefanta. I l'Enric, anomenat Tap de bassa, era el més petit de la classe en tots els sentits, i de vegades tenien la barra de deixar-li uns bolquers cagats al calaix.

—Això és... això és... —La Fina es va mossegar la llengua perquè s'adonava que li sortiria un rugit monstruós, encara que fos petit, que faria que més d'un s'escagarrinés.

Quan va sonar el timbre, la Fina es va endarrerir sense adonar-se'n. Volia pair el que els seus amics li acabaven de dir, resignats. Aleshores se li van acostar dos nens. Dos bessons llargaruts i inexpressius, amb posat de no ser gaire espavilats a cap costat del mirall: ni a Espantilàndia ni al nostre món.

—Hola, nena nova. Sóc en Tim —va pronunciar lentament un.

—Hola novament, nena nova. Sóc en Tom —va afegir l'altre.

Abans que la Fina els pogués demanar què volien, un dels dos (ara no em feu dir quin) li va lliurar un sobre. La nena es va adonar que en una cantonada del pati, a les grades de la pista de bàsquet, una altra nena la saludava amb la mà i li dedicava un somriure malèvol al qual només faltaven ullals. La Fina va arrufar el nas. Això volia dir que qui enviava la carta era ella. No hauria estat més fàcil acostar-se a parlar-hi directament? Coneixia poc el món dels humans, però estava segura que la nena de la graderia no actuava així per timidesa. Els bessons n'eren els criats!

La Fina es va empassar saliva i va obrir el sobre.

Holaaa! Sóc la Dolors Ricart i et convido a berenar a casa meva avui. Ens ho passarem superguai! Et passaré a recollir amb la meva xofer.

La signatura era un cor decorat amb purpurina. A sota, la Dolors hi havia escrit un parell de frases més, segurament fetes a corre-cuita.

No entenc per què et relaciones amb la Tren, en Tap de bassa i l'Elefanta. Són els nens més *margis* i més *friquis* de l'*insti*!

La Fina ja sabia que el berenar era després de l'escola. El que no acabava d'entendre eren aquelles paraules noves: *friqui*, *margi*... Sí que li semblaven —més que estranyes— una mica estúpides, com el posat dels bessons, que devien estar esperant una resposta, ja que li oferien un bolígraf, un paper i una esquena (la d'en Tim?, la d'en Tom?) perquè respongués.

La Fina no va necessitar escriure res. En va tenir prou amb un gest internacional i intermundial. Així que, a distància, va ensenyar el dit del mig clarament aixecat a la Dolors Ricart, a qui encara no sabia que tothom anomenava Lola Glamur (LG) o fins i tot Elagé.

10

Malgrat les pressions exercides per la Dolors, ja sabem que per malnom Lola Glamur o Elagé (LG) sense més, la Fina continuava preferint la companyia dels seus amics, en Tap de bassa, la Tren i l'Elefanta. Tots quatre van riure d'allò mes quan algú (no calia ser gaire espavilat per esbrinar qui) va començar a esbombar que, fet i fet, la Fina no molava tant, i que si s'ajuntava amb els *friquis* era per semblar guapa per contrast. I per això li deien la Mirallets, perquè (i això sí que era veritat) la nena tenia una fixació, incomprensible, pels miralls.

A la Fina ja li estava bé tot plegat. Les classes a l'*insti* li agradaven, quedava sovint amb els amics els caps de setmana i començava a treure les mateixes notes que a Espantilàndia: notables i excel·lents. Amb la diferència, però, que al món dels humans això era un fet positiu.

Una tarda, a casa de la Mia (tot i les cartes que encara portaven els bessons, la Fina no tenia previst anar a ca la Dolors en els propers mil anys) l'Enric es va voler fer l'interessant.

—Tinc una idea però no sé si us atrevireu a posar-la en pràctica.

—Què és, què és? T'escolto, sóc tot orelles! —va dir fent broma la Carla.

—Què us sembla si apaguem el llum, encenem la llanterna i expliquem històries de por? —va anunciar divertit.

—Històries de por? —va repetir la Mia.

—Si us fa... no sé... cosa..., potser no cal —va reprendre l'Enric, buscant precisament l'efecte contrari.

—No dius res, Fina? Que potser estàs massa ocupada mirant-te al mirall? Ha, ha, ha! —va demanar la Carla, que tenia el dia inspirat.

La nena va fer un gest que volia dir que tant li era, vaja, que li semblava bé el que ells volguessin.

—Començo jo —es va oferir aleshores el nen. Es notava que ho tenia mig preparat.

Va començar a explicar una història a batzegades, sobre un grup de nens i nenes que va saltar la tàpia d'un cementiri a les dotze de la nit. Però de por no en van passar gaire, la Fina i els seus amics. Tots feien sorolls estrafolaris que interrompien el fil de la història i es petaven de riure. O potser, va pensar la nena, reien per amagar la por.

—I així va acabar tot... —va anunciar l'Enric finalment.

—Això fa por? Això fa por? —se'n va fúmer la Mia—. Ja veureu que, quan em toqui a mi, us cagareu a sobre!

—Que parli la Fina, que parli la Fina, que està molt callada! —va proposar la Carla.

Sense pensar-s'hi gaire, la nena va explicar una història amb tants detalls, en un to de veu tan aconseguit, dosificant la intriga i els silencis, afegint-hi aspectes tan horrorosos, que, en adonar-se del silenci tens que s'havia apoderat de l'habitació a les fosques, va decidir callar i interrompre la narració.

—Ho sento —va disculpar-se en encendre el llum.

Els amics se la miraven bocabadats, terroritzats i meravellats a parts iguals.

—Glups! Ets una crac! Mare meva, quina por que feies!

—Jo... jo volia que l'acabessis, però no sé si aquesta nit podré dormir...

—D'on l'has treta, aquesta història?

La Fina no va saber què respondre. L'única cosa que havia fet era reproduir un conte que li explicaven de petita, abans d'anar a dormir, de bon matí.

De seguida va estendre's per la classe el rumor que la Fina, la Mirallets, la nova de 1r B, vaja, explicava unes històries de por per *escagarrinar-s'hi*.

—El millor, vull dir, el pitjor de tot, és que ho fa amb molta fredor, com si no anés amb ella. I això fa cangueli —deia algú.

—Doncs jo vull sentir-la! —replicava un altre.

Això va fer que la Fina, tot i formar part per decisió pròpia del grup de *margis*, guanyés molts punts en la llista de gent guai, els *popus*, de tal manera que el liderat absolut de la Glamur perillava. Els bessons van deixar de fer-li de missatgers, encantats de la vida amb les històries terrorífiques de la Fina, tan viscudes, que els feia canviar la cara! La Fina n'estava agradablement sorpresa, del tomb que havia experimentat la situació. Se sentia tan feliç, que ho va explicar als pares per videoconferència.

—Que estranys que són els humans! S'espanten d'allò més amb els contes per a la canalla petita i, encara així, els agraden! —se'n feia creus en Corduli.

I tots tres, millor dit, tots quatre, inclo-ent-hi la Teté, reien, a costat i costat de les seves pantalles, de les contradiccions dels humans.

11

La Fina s'havia adaptat ràpidament al món que havia triat, un món que creia seu i on tot era tan i tan especial. Encara que hi hagués coses que no acabés d'entendre. Per exemple, la sensació absurda que tenia alguns matins d'estar vivint dins d'una pel·lícula. Per què li agafava això? De vegades, cosa curiosa, li semblava parlar com si hagués memoritzat un guió, sobretot quan xerrava amb la Teté.

Malgrat tot, la Fina estava encantada a classe, sobretot després que l'Elisenda li posés un deu per una redacció titulada *El castell del meu avi*, en què barrejava històries que havia sentit amb fantasies seves. S'hi trobava tan bé, que no s'adonava de la ràbia creixent de la Dolors.

Un dia, al vestidor, després d'Educació física, la Glamur va començar a petar la xerrada amb ella, com si fossin amigues. Sense intermediaris aquest cop, com és lògic.

—Ai, Fineta, Fineta! Ja saps que et diuen la Mirallets? Per què deu ser? —va demanar aquella hipòcrita.

La nena no sabia què dir.

—Que consti que jo et defenso, eh? Però de vegades la gent és tan i tan cruel... *so mean*...

La Fina no entenia per què la Lola havia de xerrar mig en anglès.

—S'ha de reconèixer que ets bonica, no et diré que no, però et falta un *plus*, no ho sé, per tenir nivell, vull dir, *standing* i també ser *fashion*, no sé si m'entens.

El cert era que no, tot i així la Fina, per educació, va decidir fingir interès, però només un parell de minuts més, perquè no volia fer tard a la classe següent.

—Si em permets el consell, hauries de canviar d'estil. La roba que duus no fa per a tu..., per a gent com nosaltres, vull dir. Tu i jo som ànimes bessones. Més que aquell parell de *pringats*, en Tim i en Tom. Oi que sí, reina?

La Fina no entenia ni un borrall del que li estaven dient. Per què li semblava que la Glamur era, com deien els seus amics, una falsa?

—Tu em veus a mi amb aquestes samarretes de paradeta i aquests pantalons tan... tan... *basic*? —i va pronunciar aquesta paraula amb un accent anglès que feia riure.

La nena va fer que no amb el cap, i al revés que la Lola, era sincera. No, no la veia amb roba tan *bèisic*. Però on volia anar a parar?

—Qui et compra aquesta merdeta de roba? —va atacar-la de sobte la Glamur.

Alguna cosa va trontollar dins de la Fina. Ara començava a lligar caps.

—La teva àvia? Ha, ha, ha! —El seu riure era cruel.

Aleshores la nena es va posar dreta de cop. Allò passava de taca d'oli! La Lola continuava el seu discurs incomprensible i ple de rancúnia, però la Fina no en feia cas. Fins que se'n va cansar, de tanta estupidesa, i la va fer callar.

—No penso canviar de roba perquè una nena idiota m'ho ordeni. I no, no me la compra la meva àvia perquè és morta, però sí la germana del meu avi.

La Lola va obrir la boca indignada, incapaç d'assimilar que algú li parlés amb la mateixa mala bava que ella solia gastar amb els altres.

—I no fotis aquesta cara de flipada, nena.

Guarda-la per a quan t'expliqui alguna cosa del meu avi. O del lloc d'on vinc. Aleshores ja ho veuràs!

—A... això vol dir que t'estimes més anar amb els rarets, oi? —va quequejar la Dolors amb una barreja d'indignació i d'odi mal dissimulats.

—Doncs sí. M'estimo mil vegades més la companyia dels rarets. I saps per què, guapa? —va preguntar, carregant d'intenció aquesta última paraula.

La Lola estava a punt de plorar.

—Perquè jo sóc més rara del que puguis imaginar. I no passa res, perquè ho accepto!

12

Al vespre, mentre parlava de nou amb els pares per videoconferència, a la Fina li sabia greu haver xerrat potser més del compte. I si algú sospitava que, sota aquella aparença perfectament *normal* en aquest costat del mirall, hi havia una ciutadana d'Espantilàndia? Quines en podrien ser les conseqüències?

Però, d'altra banda, s'havia desfogat ben a gust deixant anar a l'LG un parell de mocs. S'ho havia ben buscat! En va explicar, de tot plegat, alguna cosa als pares, que es miraven aclaparats sense saber què dir. De cop, la Fina se'n va adonar: a més de la distància i de les diferències evidents entre ella i en Corduli i l'Horrorosa, era com si parlessin idiomes diferents. I no era solament qüestió de vocabulari.

—Et trobem molt a faltar, filla —va grunyir amorosament l'Horrorosa.

—I jo a vosaltres —va respondre immediatament la nena, recolzant el palmell de la mà a la pantalla. Els pares van fer el mateix a l'instant. Era, d'alguna manera, com si es poguessin tocar. De cop es va fer un silenci incòmode. Des de feia dies a la Fina li voltava una pregunta per al seu pare—. Què va passar exactament amb l'avi Bramul?

La Teté sempre feia el sord quan li ho demanava o directament canviava de tema. Silenci. Els pares es van mirar sense dir res i van retirar alhora les urpes de la pantalla.

—Adéu, filla. T'estimem!

La Fina es va veure reflectida a la pantalla fosca. Feia un posat trist i sorprès a la vegada. Els adults no l'entenien. Era exactament el que li passava a la protagonista del llibre que estaven llegint a classe de Llengua: *Coraline*, de Neil Gaiman.

13

El que més agradava a la Fina de l'escola era que els professors els feien *fer* coses. Depenent de la matèria, de vegades n'hi havia prou amb una estona que servís per plantejar un problema pràctic. Després venien tot de preguntes i, un cop satisfetes, calia posar fil a l'agulla.

Tothom, o gairebé tothom, hi posava el coll, en petits grups o per parelles. I així, com qui no vol la cosa (mentida, perquè suaven de valent!), l'aula de 1r B, com moltes altres de l'institut, es va omplir de càmeres fotogràfiques primitives, de maquetes a escala de temples grecs, de micròfons rudimentaris que funcionaven de debò... construïts per ells!

Tot això molava tant, que ja ningú no pensava a fer la guitza als altres.

La Glamur es va resignar, aparentment, a veure el seu radi d'influència força més reduït del que hauria volgut. Només li quedaven un parell de tòtiles que la imitaven, fins i tot en la seva absurda mania de deixar anar paraules en anglès a tort i a dret.

A casa, la Fina continuava parlant de tant en tant amb els pares mitjançant l'ordinador, i encara que de vegades sortia a passejar amb la tieta, era com si s'hagués construït un mur entre totes dues. Un mur invisible, és clar, però el mateix que també separava la nena dels pares. La Teté es tancava al seu estudi vuit hores al dia, i la Fina tenia ordres de no entrar-hi mai, no sols quan la tieta hi era, sinó encara menys en absència seva. Què hi devia fer? Una vegada li va semblar que hi xerrava amb algú. Ella parlava la nostra llengua i l'altre responia en un idioma estranger. La nena se'n va estranyar d'allò més, però el que de debò la preocupaven eren altres qüestions. Per què els adults no confiaven en ella? Per què no responien les seves preguntes? Ja no podien tractar-la com una nena petita, perquè havia fet un viatge molt difícil i perquè havia crescut en un món i havia anat a parar en un altre, i això et fa madurar. Per això la Fina es tancava en ella mateixa, o més ben dit, s'abocava als amics, i hi estava en contacte moltes

hores al dia, no solament a classe, sinó a casa, a través de l'ordinador o mitjançant el mòbil. Però no pas per deixar de banda els estudis: estava decidida a treure millors notes encara.

Quan l'Elisenda els va proposar de fer un *booktrailer* sobre *Coraline*, els nens i nenes de la classe s'hi van entusiasmar. Fins i tot els bessons, que mai no piulaven, van començar

a picar de mans i peus, amb tantes ganes, que tothom va callar per sentir aquell ritme inesperat. Era la seva forma de dir que els encantava la idea!

—Per cert, Elisenda... —va deixar anar en Tim, un cop passat el rebombori.

—...què és un *booktrailer*? —va acabar en Tom.

Això sí que era un treball en equip! Un començava la frase i l'altre l'acabava!

L'Elisenda els va aclarir que era un vídeo curtet basat en una lectura, que, un cop vist, et feia venir ganes de clavar queixalada al llibre.

—Apa, quina bestiesa! Els llibres no es mengen! —van objectar tots dos a la vegada, molt seriosos. I tothom va riure de la pensada.

L'Elisenda va reprendre l'explicació.

—Vull dir que un bon *booktrailer* és un tastet de la història, i t'ha d'obrir la gana... Uf, ja hi tornem a ser, amb les comparacions amb el menjar!

Calia formar grups de treball, per començar, ja que tothom havia llegit el llibre. La Fina tenia molt clar amb qui volia treballar. I també amb qui no. De cap de les maneres. El següent pas era elaborar l'*storyboard,* que serviria com a guia per enregistrar després les imatges. El que de debò estaven esperant tots era posar-se davant de la càmera per fer d'actors i d'actrius!

—I qui farà de Coraline? —va preguntar l'Enric en la primera reunió de treball a casa de la Carla.

Aquesta i la Mia no van obrir la boca i es van limitar a mirar la Fina amb un posat seriós de pega, perquè es veia d'una hora lluny que s'estaven aguantant el riure.

—D'acord, d'acord! —va acceptar la nena sense rondinar massa.

Al cap i a la fi, llegir el llibre l'havia fet pensar bastant. La Coraline es definia com a exploradora, i a qui no agrada endinsar-se en un món desconegut? Tenir por o no ja és una altra cosa. A la nit, a l'habitació, ja amb el pijama posat, la Fina es va adonar que, al

Coraline
Neil Gaiman

capdavall, hi havia alguna connexió entre ella i la protagonista del llibre. Totes dues havien accedit a un món diferent del propi a través d'un passadís.

Això volia dir que els llibres copiaven la realitat o era més aviat al revés? O potser era que els llibres, en el fons, en copiaven altres, i així havia estat des de sempre? I les pel·lícules? S'inspiren realment en coses que passen a la gent?

Aleshores es va imaginar ella mateixa com a protagonista d'una pel·lícula i se li va escapar una mitja rialla. S'hi sentia còmoda. «Uf, quin embolic», es va queixar abans de quedar-se adormida com un tronc.

Aquella nit la Fina no va parar de somiar. Va somiar amb gats que parlaven, amb miralls que es fonien quan els tocaves i amb pous tan fondos que, quan hi queies, semblaven infinits. En el somni hi havia també algú, assegut d'esquena en una cadira de tisora, que ordenava coses incomprensibles.

Quan es va despertar de matinada, la Fina suava, tot i el fred prematur d'aquell octubre. El cor li bategava amb força. Era com si hagués estat tota la nit fent exercici! La Teté era al seu costat, asseguda al llit, i l'amanyagava.

—M'has ben espantat, bonica. Cridaves terroritzada i per això he vingut corrents a veure què et passava. Un malson, res més que un malson. Ara torna a dormir...

La Fina va obrir la boca per fer-li una pregunta, però la son i la fatiga van ser més fortes que la curiositat per l'avi. Així que la nena va somriure agraïda i sense dir ni mitja paraula va tancar els ulls immediatament. No va somiar res més, o això li va semblar, aquella nit. Si més no, al matí no se'n recordava.

14

Els caraculs, tal com el mateix nom indica, són uns éssers lletjos com una mala cosa. Lletjos fins i tot en un món (Espantilàndia) on la bellesa no és de cap manera ben considerada.

Per saber si tenim al davant un caracul, no cal ser gaire espavilat. Es diferencien amb facilitat d'un home llop, per exemple, d'una mòmia o d'un monstre horripilant que visqui en una caverna espantosa i per al qual no tinguem ni tan sols un nom. El primer que crida l'atenció d'aquestes bestioles (o esguerros, espantalls, bubotes, feristeles..., agafeu el que vulgueu d'aquesta llista) d'una manera poderosa, inconfusible i alhora impossible d'oblidar és la pudor infecta que fan. Perquè us en feu una idea: heu tirat mai una bomba fètida a classe o a l'ascensor de casa vostra? Per descomptat que la resposta automàtica serà que no. Però segur que n'heu ensumat alguna, oi que sí? Doncs imagineu-vos què passaria si n'esclatessin una dotzena en un espai com un cop de puny i que, a més, estiguessin podrides. Costa d'imaginar, veritat? Doncs bé: aquesta és la pudor, si fa no fa, d'un caracul. Un de sol. El problema és que els caraculs no són solitaris, sinó que es mouen en bandades: desenes, un centenar de vegades. A la flaire que generen entre tots (qualificar-la de repugnant és fer curt, i de quina manera!), cal sumar-hi el soroll que fan. Sempre els acompanya una cridòria insuportable, d'aquelles que sembla que perforin el cervell amb una piconadora, i que amaneixen sempre amb rots, pets i tots els sorolls absurds que us pugueu imaginar una tarda que us sentiu creatius i estúpids alhora. Aquests sorollets, que són com una banda sonora, els fan riure permanentment, amb aquelles rialles tan ridícules, que, si mai us agafen, potser acabeu cridant «ai, que em pixo!». La diferència és que, si es dóna el cas, vosaltres només ho direu, però ells no: ho fan directament. És fàcil, per tant, esbrinar on són i, sobretot, on han estat. Per si no n'hi hagués prou, es creuen dotats per al cant coral, i així que un d'ells comença una cançoneta, sovint d'allò més simple i ximple, tots es veuen obligats a acompanyar-la a crits desafinats, sempre a diverses veus. Val més, però, que si això passa, no pareu l'orella al que, per dir-ho d'alguna manera, canten.

En Titus s'ha fet caca.
En Titus s'ha fet caca.
En Titus s'ha fet caca.

Qui se n'ha fet?
Qui se n'ha fet?

En Titus!
Què s'ha fet?
Què s'ha fet?

Caca!

I sant tornem-hi, potser durant hores, fins que se'ls acaba l'alè (pudent, és clar) o quan ja deixa de fer-los gràcia una lletra tan absurda i tan poc treballada. I si mai, us deveu preguntar, us trobéssiu un caracul tot sol, acabat de rentar i de perfumar, que estigués callat perquè té mal de cap o de queixal, el podríeu reconèixer? No ho dubteu ni un segon! Els caraculs són homenets i donetes que no arriben al metre d'alçada. Tenen els cabells gruixuts com espaguetis de plastilina que se'ls espesseeixen i se'ls entortolliguen d'allò més. Vesteixen roba que, per entendre'ns, difícilment accediríeu a portar, ni en el pitjor dels vostres malsons. Un pallasso que treballés en el més tronat i pollós dels circs del món es negaria a dur camises de quadres apedaçades que combinen a bufetades amb pantalons de ratlles o de pics. Als peus (us en podeu imaginar la pudor rància reconcentrada d'anys i panys de suor?) calcen botes foradades que els van balderes i que enlletgirien l'expressió «sabates de pallasso». Mengen qualsevol cosa sense dubtar-ho, i quan diem qualsevol cosa podríem posar en la llista llibres, que condimenten amb sal i pebre, escuradents, llaunes (és a dir, el llautó de l'envàs) o canyetes per als refrescos. Però tenen una fixació especial per les begudes amb gas. En beuen sense control, fins a inflar-se. Lògicament després toca desinflar-se, i això provoca rots i pets llarguíssims, que, a més d'afegir pudor i soroll, els fan riure de tal manera, que perden l'oremus i destrossen tot el que tenen a l'abast. I he dit ja que tenen una força sobrehumana?

D'on provenen i per què actuen així és un misteri que encara no té un article en la Viquipèdia. Ni en la del nostre món ni en la d'Espantilàndia. També és un misteri el fet que, de vegades, desapareguin durant anys i panys, de manera que qui no els hagi vist (i, per tant, sentit i olorat) en acció pot arribar a pensar que són una llegenda per espantar els nens i les nenes d'Espantilàndia, cosa ben difícil, per cert. I de passada, bona part dels adults, perquè té molt de mèrit espantar un monstre.

Els caraculs només respecten una cosa: la persona i els edictes (tots en vers i curiosíssims de sentir) del seu monarca, l'autoproclamat Excel·lentíssim Emperador, Summe Petaner i Rotaire i Guia Suprem del Poble Petitoi.

Cal que sapigueu que els caraculs s'anomenen ells mateixos petitois, perquè s'enorgulleixen de la seva talla minsa, convençuts que al pot petit hi ha el pitjor verí.

La dinastia regnant en l'actualitat és la dels Culgrossos (no en calen explicacions, per raons òbvies), representada pel Molt Noble, Pudent i Sorollós Galtes Peludes III, el qual, com que és un petitoi pràctic, prefereix ser anomenat Tercer a seques. En Tercer és un governant sagaç i astut com ben pocs, i la sap llarga a l'hora de calmar les autoritats d'Espantilàndia pels desperfectes que sovint el seu poble esbojarrat provoca en el mobiliari urbà. Hi ajuden, a més de la seva diplomàcia, els diners que maneja amb desimboltura i generositat. A més, com és de suposar, governa amb mà de ferro els seus súbdits petitois.

En Tercer té un ulls minúsculs, com dues punxades en un tomàquet, el nas de ganxo i la cara de pa de ral, coronada per dues banyetes recargolades i plena de berrugues. Banyes i berrugues, per cert, són un tret distintiu de la raça petitoia. Però no us deixeu enganyar. En Tercer té una intel·ligència desperta i un pla secret d'allò més ambiciós, que pot posar en un greu perill els dos mons a banda i banda del mirall.

I l'objectiu no seria cap altre que sotmetre el món humà i Espantilàndia a un règim polític absurd, plegat de lleis arbitràries, que fa temps que compon dins del seu cap. I ho fa en vers, com no podia ser de cap altra manera. Uns versos més elaborats que les tradicionals cançons caraculs. El primer pas en l'estratègia de conquista suprema d'en Tercer és establir una petita colònia de petitois al món dels humans. Seria, en paraules del Summe Petaner i Rotaire, «un pas petit per als meus súbdits, però un pas de gegant per a la petitoïtat». Quan els humans el coneguin, segur que els anomenaran caraculs. Una cosa és certa, però: la civilització, tal com la coneixem, perilla. Aquí i allà.

15

Aquell octubre estava sent un mes atípic, ben diferent dels últims octubres en la memòria de tothom. Als matins refrescava: potser era la mateixa frescor de la nit, que se sentia còmoda a la ciutat. I al migdia només podies arromangar-te si el sol lluïa de valent, cosa poc habitual perquè l'aire venia de les muntanyes del nord.

La Fina havia d'estrenar, doncs, bufanda i guants de coloraines, teixits amorosament per la Teté. Era com si, d'alguna manera, la volgués compensar pel silenci que s'havia creat entre totes dues. No pas un silenci total, de negar-se la paraula, sinó un de centrat en les coses que importaven de debò. L'avi. Qui era i on era? Per què no en volien parlar, ni la Teté ni el pare? La mare, en sabia alguna cosa?

—Fina, t'agradaria aprendre a fer mitja? —li havia preguntat la tieta un matí, quan la nena tot just descobria un paquet damunt de la taula, al costat del bol dels cereals.

La pregunta tenia una cantarella de dubte. La nena va obrir el paquet amb il·lusió, malgrat tot, i va agrair la comoditat i els colors alegres d'aquelles peces.

—Em sembla que la gorra amb borla la deixo per a quan nevi, si és que neva a l'hivern... —va anunciar la Fina.

De nou es va fer el silenci mentre totes dues esmorzaven, amb ritmes diferents. La nena havia de marxar a l'institut; la dona es tancaria tot seguit al seu estudi, on potser fins i tot dinaria.

—I sí, m'encantaria aprendre'n, Teté... —va respondre la nena quan ja feia uns minuts que havia acabat d'esmorzar.

En aquell temps, incòmode per a totes dues, la nena havia pensat que darrere d'aquell silenci conscient sobre en Bramul Ensurts hi devia haver una bona raó. De la mateixa manera que no havia sabut res de la tieta fins que no va caldre la seva ajuda, potser, tan sols potser, no corresponia encara saber res sobre l'avi. Potser no era falta de confiança en la Fina, que s'havia fet gran de cop; només que, per alguna raó que se li escapava, els adults li amagaven informació. Vés a saber si en el fons, en el fons de tot, era per protegir la nena. Protegir-la. De què? De qui? Impossible respondre a aquelles preguntes. Si més no, en aquell moment.

—Veuràs, Teté... —La Fina es va escurar la veu. Volia sospesar molt bé les paraules. No volia ser antipàtica, tot i que encara se sentia dolguda.

—T'escolto —La tieta va recuperar el seu somriure.

—T'estic molt agraïda per tot el que fas per mi, cada dia: la roba, el menjar, totes les coses que m'expliques d'aquest món que ja veig que no és tan meravellós com jo creia.

Però és que tinc molta feina a l'*insti*. I, a més, hi ha els treballs, els amics i...

La nena parlava amb total sinceritat i volia sonar convincent. La Teté, però, va respondre-li amb un «ja ho veig» decebut que la va fer aixecar-se amb el pretext de desparar taula. Aleshores la Fina va cridar.

—Tieta!

De poc no van caure per terra els plats, els bols, els gots i les culleres de l'esmorzar. La Teté es va trobar, de cop i volta, amb una abraçada monstruosa, al més pur estil del món on totes dues havien nascut.

—La meva petita... —repetia la Teté acariciant els cabells de la nena.

I la Fina no es va poder contenir les llàgrimes, i tant se li'n donava, en moments així, si era humana o monstruosa, si era mig i mig o si, comptat i debatut, ni l'una cosa ni l'altra.

—Faràs tard a l'*insti* —va anunciar la Teté amb els ulls plorosos i un somriure que despuntava com el sol que entrava per la finestra.

—Tens raó —va concedir la nena, que d'una revolada va arreplegar la cartera i l'anorac.

Davant de la porta, a punt de sortir al carrer, la Fina va mostrar orgullosa a la Teté la bufanda i els guants que estava a punt d'estrenar.

16

L'institut estava capgirat des de feia uns dies. Era com si, per alguna raó incomprensible, tothom s'hagués tornat boig. Aquesta era, si més no, la impressió de la Fina. Si haguessin demanat l'opinió de la resta d'alumnes, incloent-hi la Lola, els Tim i Tom o els amics de la nena, la resposta hauria estat clara i unànime:

—Ara sí que mola l'*insti*!

Que què hi passava? Divendres seria 31 d'octubre, vetlla de Tots Sants, dia dels Difunts, és a dir, la nit de Halloween, i des de dilluns de la mateixa setmana totes les classes s'havien suspès. O millor dit, tenien a veure amb la diada.

A Visual i Plàstica estaven decorant l'entrada i els passadissos amb motius que semblaven directament extrets d'un castell de Transsilvània, una regió tenebrosa, bressol de vampirs, que abans havia calgut situar en el mapa a Socials. A Tecnologia els alumnes de tots els cursos s'estaven cosint disfresses horripilants, buscades a Internet. A Música estaven assajant constantment, sense defallir, una versió especial, allargada, del famós *Thriller* de Michael Jackson. Curiosament en Tim (o tal vegada en Tom) havia descobert una passió i una gràcia increïble pel ball,

de tal manera que fins i tot els alumnes de batxillerat venien a veure'l ballar. L'altre (em resigno a no saber qui era) va descobrir un talent també increïble per fer de DJ i ja li havien assignat punxar en la gran festa de Halloween de divendres a la nit. Els professors d'Educació física supervisaven les coreografies i els d'Anglès, la correcta pronunciació dels solistes de cada classe. A Llengua estaven ultimant els *booktrailers*, que s'havien de projectar durant la tarda de divendres. A primer havien llegit *Coraline*, però en altres cursos treballaven *Frankenstein*, de Mary Shelley, *Dràcula*, de Bram Stoker, i *El gat negre*, d'Edgar Allan Poe.

Els alumnes, alguns caracteritzats tota l'estona, d'altres no, corrien amunt i avall, d'acord amb l'estricte horari d'aquella setmana tan especial, i suaven de valent, malgrat el fred poc habitual, per acomplir totes les tasques encomanades. Molts volien saber per què no treballaven així durant tot el curs. Les ulleres que majoria lluïen ja des de dimarts parlaven per si mateixes.

La Fina estava perplexa. Estava convençuda que els humans d'aquella part del món celebraven una festa pròpia, anomenada Castanyada, que consistia a cantar cançonetes vora el foc, menjar castanyes, moniatos i uns pastissets d'allò més dolços, anomenats panellets, i poca cosa més. Però no. S'equivocava del tot. En vista d'aquella bogeria de canvis li semblava haver retornat a Espantilàndia. Tot i que els ullals, els geps, les cicatrius i els llençols fantasmals eren de mentida, tothom s'ho prenia tan a la valenta, que a la nena li semblava que, en qualsevol moment, algú es començaria a ficar amb ella i les seves rareses. De debò: a quin cantó del mirall es trobava? A l'humà o al monstruós?

—Fina, estàs molt estranya! —va comentar la Mia mentre provava un maquillatge espectacular que emblanquia la pell i la deixava fantasmagòrica.

—Que tens por? —li va preguntar l'Enric, saltironant i rient amb malícia, com si la

disfressa que duia l'hagués convertit en el follet geperut que semblava.

—No pateeeeixis, neeeena! —va murmurar-li a l'orella la Carla, que enraonava i es bellugava amb la torpor i la lentitud d'una autèntica zombi—. Tot és mentida i ho fem per passar-nos-ho bé, que no ho veus?

La Carla va afegir això últim amb la seva veu normal.

—No entenc aquesta dèria per disfressar-se de monstres! —va acabar esclatant rabiosa la Fina.

La Mia, l'Enric i la Carla es miraven sorpresos per la reacció de l'amiga.

—Potser perquè és l'única ocasió en què ens sentim iguals que els altres. Tots som lletjos si ens disfressem d'homes llop o de mòmies. I si tu no vols fer-ho, tal vegada és perquè la Lola té raó quan diu que et creus massa guapa per tornar-te lletja voluntàriament —va replicar enfadada la Mia.

La Fina es va mossegar la llengua. Els hauria explicat el seu secret: d'on venia i com la tractaven allà per ser diferent de la resta. Se sentia malament: sense voler, havia ofès els seus amics, i no podia desfer el malentès. Va començar a plorar, davant la mirada de reprovació dels tres.

Es va fer el silenci, i com que no sabia què fer ni què dir, la nena va girar cua i va marxar sense dir res.

—De què et disfressaràs, Mirallets? —li va demanar una bruixa glamurosa, que recordava la madrastra de la Blancaneu, plantada al mig del passadís.

Era la Lola. La Fina, tot i pensar que la disfressa li esqueia, a l'LG, no va respondre.

Sola, amb els ulls plorosos, en un racó del pati, la nena no entenia el rebuig dels humans envers el món monstruós i, alhora, l'atracció que sentien per les tenebres, els sorolls misteriosos i els éssers que poblaven la nit.

Ella n'havia fugit i ara s'hi trobava immersa de ple novament. Com si no hagués fet el viatge. O pitjor encara, com si el món horrorós s'hagués escolat per una escletxa i hagués envaït el dels humans. Que no se n'adonaven, del perill? Era aquest, realment, el món que volien? A l'hora del pati els amics la van convèncer per anar a xerrar amb ells.

—Ho sento —va dir ella.

La Mia plorava i es va avançar a abraçar-la.

—Jo també ho sento, Fina —va dir-li a cau d'orella. No va haver-hi més paraules.

Només una abraçada ben forta, tots quatre, com si res no hagués passat.

—Estem preocupats per tu. No sembles tu, ben bé. És com si no t'importés l'institut. O encara pitjor: com si no t'importéssim nosaltres —va dir la Carla en nom de tots.

—No, i ara, no és això... —va replicar la Fina—. És que...

I de cop es va mossegar la llengua novament. No els podia dir que no volia participar en les activitats perquè li recordaven el món d'on provenia. Un món que havia deixat enrere perquè allà era la rara, on la jutjaven i la maltractaven per no ser prou lletja, horripilant i maliciosa. La Mia, l'Enric i la Carla se la miraven esperant alguna justificació que expliqués, encara que fos mínimament, aquell comportament tan estrany. No podia ser per por, de cap de les maneres. Prou sabien tots que la Fina explicava històries terrorífiques sense immutar-se.

—Si et fa vergonya disfressar-te, pensa que tothom, fins i tot els professors, faran el ridícul a la festa de divendres a la nit, al gimnàs. Hauries de veure la directora amb les seves benes de mòmia! Fa plorar... de riure! —va argumentar la Carla.

—I si no te'n surts cosint-te el vestit o maquillant-te, per això tens els amics —va oferir-se l'Enric.

La Fina va somriure per fi, alleujada. Per a ella era més important el suport de la Mia, l'Enric i la Carla que el rebuig que sentia per una festa monstruosa. Qui ho sabia? Potser s'hi trobaria de gust, recordant *vells* temps. Segur que riurien molt.

—D'acord. M'heu convençut. Vindré a la festa —va anunciar abastant-los tots tres amb una nova abraçada monstruosa, aquest cop, amb grunys i tot, que de tan inesperada els va agafar de sorpresa.

—Uau, tens cops amagats, nena! —va exclamar la Carla.

—Ostres, fas por, Mirallets! —va deixar anar l'Enric.

Tot i que hi van insistir moltíssim, la Fina no va voler dir-los de què es disfressaria.

17

La Dolors Ricart, àlies Lola Glamur o LG a seques, va fer una trucada curtíssima pel mòbil. Estava asseguda damunt d'una soca recargolada, feta amb porexpan, a l'entrada de l'*insti*, i s'espolsava tot de ratpenats de cartolina que penjaven del sostre amb fil de pescar. Però era inútil. Els petits mamífers no fugien, i la nena s'estava posant molt nerviosa. Només va dir quatre paraules: «Vine a buscar-me». Això sí, va fer servir el to habitual en ella: manaire, directe i amb un pèl d'impertinència.

No havien passat ni cinc minuts des de la trucada, que va aparèixer del no-res un cotxàs amb les llunes tintades. Alguns alumnes van haver d'esquivar-lo. L'única resposta des de dins del vehicle va ser un cop de clàxon sec, a l'estil LG.

El xofer, millor dit, la xofer, una dona grassa d'aspecte ensopit, va arrencar amb celeritat un cop la Glamur es va haver instal·lat al seient del darrere.

—On anem, senyoreta? —va demanar la conductora en un to de veu que no deixava entreveure cap emoció.

—Avui em saltaré la classe de ballet. Però no cal que hi truquis, per això els pago. Porta'm a comprar. He tingut un dia molt dur.

—Al centre comercial, senyoreta?

—Ai, no. Massa *basic*, massa vulgar. Tot ple de gent que mira i que no compra, perquè no té on caure morta. Quin horror! Porta'm al centre centre... Ja saps on vull dir.

—Li recordo, senyoreta, que la seva assignació mensual està esgotada —va advertir-la la xofer.

—Ai, no siguis pesada, Visitació! Què et penses que no ho sé? Duc les targetes de crèdit. Sóc una dona de recursos, jo.

La Visitació va pitjar a fons l'accelerador i va començar a esquivar vehicles, sense fer cas de les xiulades, irades i merescudes, de la resta de conductors.

La Lola veia molt poc els seus pares. De fet, de la nena, se n'ocupava un equip integrat per la Visitació, la xofer, una cuinera francesa, una *nanny* britànica i un tutor alemany. Cadascun d'ells, sobre el paper, s'ocupava d'algun aspecte del seu benestar o de la seva educació. Però a la pràctica, la manera de ser i d'actuar de la nena, superbiosa i manipuladora, parlava per si sola. També sobre el paper la Lola estava apuntada a activitats extraescolars superexclusives, però els seus dots escassos i la seva evident falta de voluntat feien que no les freqüentés gaire sovint. Els pares, massa ocupats per la feina o per atendre una vida social esgotadora, no li retreien res, i cada cop que la nena rondinava, fos quina fos la raó, la resposta immediata era apujar-li l'assignació mensual o donar-li una nova targeta de crèdit. El que fos per tal que els deixés estar, al cap i a la fi. Amb aquests diners la nena comprava i acumulava roba, sabates, perfums, joies..., que de vegades ni donava l'abast a estrenar i que l'equip de servidors a la seva disposició s'ocupava de catalogar i arxivar minuciosament a l'apartament privat on vivia, separada, per descomptat, dels seus pares.

Havia estat un cop molt dur per a ella perdre el seu estatus a la classe i a l'institut. De decidir tendències, influir en les opinions i els gustos dels altres, indicar què era *guai* i què no (i sobretot, *qui* no ho era), gairebé havia quedat relegada a ser una nena de primer *normal*. I això, a més de ser una injustícia, era imperdonable! Havia nascut per ser líder, per captivar tothom amb les seves qualitats (ja les descobriria un dia o altre) i per trobar, arribat el moment, el seu príncep blau.

Sí. La Lola somiava, des que havia decidit que ja era gran, precisament a primer d'ESO, que coneixia un aristòcrata de pell clara i d'accent poc comú, de qui s'enamoraria per sempre. Tant era que només tingués dotze anys. Aquest era el projecte de vida pel qual lluitaria fins al final. I ella sempre aconseguia el que volia. Prou que se n'havia sortit, a la seva superexclusiva escola de primària, on havia provocat que discussions de pati haguessin degenerat en seriosos conflictes diplomàtics, en els quals havia implicat fills i filles d'ambaixadors. Per això, havia deixat amb un pam de nas els seus avorrits pares i els havia exigit canviar a una escola pública. Per conèixer de prop la gent de classe baixa, segons deia, d'una banda, i perquè volia difondre el seu ideal glamurós, de l'altra.

Calia crear gent *stylish* i *trendy* en un ambient marcadament hostil al glamur. I se n'havia sortit a penes en un parell de setmanes. Fins que... Fins que va arribar l'odiosa Fina Estruch i Folch (quin nom més horrorós!), amb aquell aire de mosqueta morta. Com s'ho havia manegat per ficar-se la gent a la butxaca? De debò que només calia parlar de coses que fan por? Tan fàcil era? Ha! Doncs tot canviaria ben aviat.

—Has anat a buscar-me el paquet a correus, Visitació?

La xofer li va passar un rectangle de cartró que la nena va desembolicar amb avidesa. Era un mirall. La Glamur va veure-hi reflectida la seva cara, enlletgida pel maquillatge que exigia la disfressa i per l'expressió contrariada.

—Mirall, mirallet, digue'm ara mateix qui triomfarà a la festa de Halloween de l'institut —va recitar teatralment, ficant-se en el paper de la madrastra de la Blancaneu.

No va haver-hi resposta, com és lògic. Però aleshores, com si hi hagués una connexió inexplicable entre aquell mirall comprat per Internet i el món real, un llamp descomunal va caure ben a prop, i la xofer va donar un cop de volant sobtat. De l'embalatge es va despendre una targeta del fabricant, en què hi havia un telèfon i una adreça de correu electrònic de contacte. Hi deia això: «No dubteu a contactar amb nosaltres per a qualsevol consulta o aclariment relacionats amb l'especial naturalesa d'aquest mirall.»

El fabricant, per cert, es feia dir *Dtr.* Bramul Ensurts. *Dtr.*? I per què no *Dr.*? El nom i el cognom semblaven una broma. La Lola va quedar pensativa, però només un segon. Després es va dir que, si mai arribava a l'institut algú amb aquest nom o cognom, ja s'encarregaria ella de fer-li la vida impossible.

—A veure si corres una mica més, Visitació, que sembla que hagis vist un fantasma! —va exigir la nena.

Dtr. Bramul

I quan la xofer va pitjar a fons (la nena ja pagaria la més que previsible multa), el mirall extraordinari va començar a emetre un vapor tènue. Aleshores la nena s'hi va veure reflectida i va recuperar el somriure que havia perdut amb l'arribada de la Fina.

18

—Doncs no ho entenem, Lola...

—Com que no ho enteneu? No hi ha gairebé res a entendre...

—Ens ho tornes a explicar? La mare sempre diu que som lents...

—...però segurs.

—Heu de fer el que us dic i prou!

—El que el meu germà vol dir...

—Sí, ja he entès el que vol dir en Tom. Que no sóc curta...

—Sóc en Tim, perdona...

—Perdonat.

—Però ens pots aclarir per què vols fer... el que vols fer?

—I per què vols que ho fem nosaltres?

—Un altre cop?! —La Glamur es va tornar a exaltar.

La conversa, amb més o menys revolts i repeticions, feia ben bé una mitja hora que durava. Com haureu deduït, la Lola intentava entabanar els bessons perquè li donessin un cop de mà en un pla dels seus. Dels d'ella, és clar. Un pla que encaixaria a la perfecció en el món terrorífic d'Espantilàndia.

Però ni la Glamur ni els perplexos bessons no tenien ni idea, de moment, que existís un lloc on la gent visqués d'espantar els humans.

Per resumir-vos-ho i estalviar-vos les repeticions d'un diàleg per a sords, l'objectiu de la conversa era convèncer en Tim i en Tom perquè deixessin tancats la Fina i els seus amics al quarto dels mals endreços abans de la gran festa de Halloween al gimnàs de l'institut.

De ben segur d'aquesta manera:

a) La Fina i els altres margis es perdrien el sarau.

b) La Fina, que tampoc no era tan guapa, no tindria la més mínima opció per convertir-se en reina de la festa, títol que, com és sabut, corresponia a dreta llei a la Lola.

c) La Fina reconeixeria per fi que no tenia res a pelar davant la reina *trendy*, *megafashion* i *ultracute*, que tothom sap qui és.

d) El declivi de la Fina serviria per recordar a tothom, començant pels *repes*, és a dir, en Tim i en Tom, que semblava que ho tenien una mica oblidat, qui era qui tallava el bacallà, qui remenava les cireres i qui tenia la paella pel mànec a l'*insti*. És a dir: l'LG. La Lola, l'emperadriu del glamur.

Si aquesta història fos una pel·lícula, com de vegades li passa a la Fina pel cap, aleshores la Dolors hauria de deixar anar una rialla desproporcionada, cruel i fins i tot lletja davant del mirall mirallet que havia comprat per Internet. Però com que no ho és, una pel·lícula, sinó només una història que esteu llegint i que us podreu creure o no (ja us ho fareu!), la Glamur va repetir de nou les seves instruccions o-bli-ga-tò-ri-es a en Tim i en Tom, que, més que escoltar-se-la, es recomponien presumits les seves disfresses d'esquelets davant del mirall tan especial.

—Ho heu entès? —va demanar ella per fi—. I deixeu estar el mirall d'una vegada, que m'ha costat una fortuna.

—És que volem molar. Per cert, t'hem de dir que estàs molt guapa aquesta nit —va afirmar en Tom, que era una mica més llançat que en Tim.

—Però que consti que ho he pensat jo —va assegurar en Tim, envermellint de cop.

—No ho sé, no ho sé... Venint de vosaltres no sé si creure-m'ho. Però jo no estic guapa,

que consti, jo *sóc* guapa, pallussos! —va cridar la Glamur—. I ara, ja ho sabeu!

—Ja ho sabem...

—Què sabem?

Aquest cop els bessons li estaven prenent el número, perquè abans que la Lola els fes un nou crit, ja caminaven passadís avall, barrejats amb tot d'alumnes i professors caracteritzats per a la festa, que estava a punt de començar.

Aleshores, aprofitant que ningú no la veia, la Lola va manipular els comandaments instal·lats en el marc del mirall, seguint les instruccions minucioses redactades pel tal *Dtr.*, segurament *Dr.*, és a dir, el doctor Ensurts, Bramul Ensurts. Quan la nena va veure com la seva imatge esplèndida de madrastra de conte infantil s'emboirava, no va poder contenir una mirada malèvola i una rialla, més que teatral, de pel·lícula. Una riallada de terror.

—Recordarem aquesta nit durant molt de temps —va murmurar neguitosa així que la superfície del mirall es va omplir de remolins.

Després, seguint les instruccions, havia d'abandonar el mirall en un lloc ampli i a l'aire lliure, si era possible, sota la lluna plena.

El pati de l'*insti* era una bona opció. La Dolors no va notar el fred, però sí que va arrufar el nas, fastiguejada. D'on havia sortit aquella pudor?

Quan va tornar al recinte, la llum elèctrica havia marxat. El terrabastall d'un llamp proper n'era l'explicació. Però com? La previsió del temps parlava només de fred, no pas de cap tempesta. La foscor sobtada després del tro va provocar crits de terror. Encara va haver-hi algun ximplet que pensava que l'apagada i la ferum formaven part de la festa. Però no.

19

—I així, de què dius que vas, Fina? —va preguntar-li l'Enric, mentre saltironava tot lluint el gep, ben immers en el seu paper de follet de malson.

Li havien fet aquesta pregunta unes trenta vegades des que la Teté l'havia acompanyada a l'institut amb taxi, a penes feia uns dos minuts. Amb l'ajut de la tieta, experta cosidora i experimentada maquilladora, i inspirades en velles fotos de la mare, havien aconseguit una semblança més que raonable amb l'Horrorosa.

Sí. Els testos s'assemblen a les olles, i la Fina, per una vegada, era com la mare. Però era evident que no podia explicar a ningú que sa mare es deia Horrorosa i que era un monstre pelut que s'havia de depilar cada dia, amb una cabellera blanca d'allò més ufanosa.

La Mia havia optat finalment per anar disfressada de fantasma i arrossegava un llençol i unes cadenes, i la Carla se sentia còmoda en el seu paper de zombi.

—El que pitjor porto —va aclarir— és haver d'estar tota l'estona fent «hmmmm»!

La Fina va somriure, perquè entenia a la perfecció com era, de difícil, aconseguir el sorollet. Ella no se n'havia sortit, tot i haver anat al logopeda monstruós, el doctor Golarogallosa, des de ben petita.

De cop van aparèixer dos esquelets que es movien simètricament, com les imatges a banda i banda d'un mirall.

—Venim a acompanyar-vos —va anunciar amb solemnitat un dels dos esquelets.

—Uhhh! —va afegir l'altre, sense gaire convenciment.

—Acompanyar-nos? On? —va demanar la Carla—. Perdó. Ooooon, hmmmm?

—Ostres, tu, que vénen els *repes*! —va exclamar l'Enric.

—Què voleu exactament? —va preguntar la Mia descobrint-se la cara.

—No res. Acompanyar-vos. Uuuh! —va respondre un dels dos.

—I no patiu per cap trampa o truc lleig. No ens envia la Lola —va afegir l'altre.

La Fina es va adonar aleshores de dues coses. En Tim (o potser en Tom) era dretà. I en Tom (o en Tim) era esquerrà. Mai no s'hi havia fixat. Aquesta era la primera. La segona, més important: a què treia cap que anunciessin que *no* els enviava la Lola? Això devia voler dir exactament el contrari. Però amb quina intenció?

—Ei, que m'han dit que moleu molt, *repes*! —va exclamar l'Enric de cop.

—És veritat! —va afegir la Mia—. Qui balla i qui punxa música dels dos?

Els bessons van quedar descol·locats.

Quan la Fina estava a punt d'aconsellar als amics que marxessin plegats cap al gimnàs, l'institut va quedar a les fosques. Ja ho hem explicat abans. Vaja, que ja sabeu com havia anat. Un llamp ben proper. Els homes del temps, que no n'encerten ni una...

De cop, una pudor insuportable. Com si haguessin rebentat les canonades de les clavegueres de tota la ciutat i l'aigua podrida estigués ruixant els carrers. I encara més. Un xivarri eixordador, que posava els pèls de punta. Cançons desafinades, amb unes lletres estúpides que esqueien molt bé a la ferum de l'ambient. Si tot allò eren efectes especials, producte de la imaginació de la comissió de festes de l'institut, un deu per a l'organització. I un zero per a la higiene.

Però si de debò estava passant alguna cosa, només quedava posar-se a tremolar i a cridar ben fort «mama!», com fem davant d'una pel·lícula de terror. Amb una diferència, però: les pel·lícules de terror s'acaben quan al cinema s'encenen els llums. A l'institut s'acabaven de quedar a les fosques. Era una falsa alarma, aparentment. O la calma que precedeix la tempesta. L'electricitat i, per tant, la música i els llums de colors van tornar de seguida, i els crits histèrics de por de seguida van quedar soterrats.

20

En Tim (o en Tom) va alçar els braços al ritme de la música, com un DJ de debò, mentre els llums de coloraines deixaven anar ràfegues. Aleshores tothom va embogir, posseït pel ritme de la música. El seu germà, fos qui fos, va fer-se un espai a la pista. Els nens i els professors seguien en rotllana els seus passos de ball, elegants i elàstics. Qui ho hauria dit!

—Els *repes* són la bomba!

Ja no recordaven l'encàrrec de la Lola. La festa estava resultant un èxit. El gimnàs era ple de gom a gom. La música feia ballar a tothom, i fins i tot els professors més antipàtics s'havien desinhibit recordant vells temps.

Malgrat tot, ningú no es va adonar que hi havia més gent del compte. El que veritablement anima qualsevol festa és que sigui molt concorreguda. Com era el cas. Tampoc ningú no es va adonar que algunes disfresses eren més que reeixides. Semblaven, millor dit, eren reals. Monstruoses, ve-t'ho aquí.

Però amb el soroll, l'animació i els llums era difícil distingir els ballarins que no anaven disfressats. Vaja, que vestien així cada dia. La Lola somreia satisfeta en un racó. «La festa serà inoblidable», pensava amb un somriure de dolenta de pel·lícula, fals.

Era tot mèrit seu. Hi havia ajudat el seu

mirall-tan-especial-que-mantenia-en-secret. Tant li era que la Fina i els *margis* fossin a la festa, i que els *repes* no li haguessin fet cas. Millor: més espectadors per al triomf segur de la reina de la festa. La glamurosa, la fantàstica, la immillorable Lola Glamur. L'LG al poder!

L'anunci per Internet ho deia ben clar: «Heus ací el pont necessari entre dos mons. El món de cada dia i el dels éssers de la nit. Acaba amb segles d'incomprensió. Fes que es coneguin. Fes que la teva festa de Halloween sigui inoblidable. Fàcil de manipular, bla, bla, bla.»

Tot per un preu astronòmic però raonable per a la seva butxaca de nena consentida. Tant li era gastar-se els diners, que li sortien per les orelles, si amb això aconseguia el seu espai natural.

Era cert que el prospecte que acompanyava el mirall era llarg, i contenia molta lletra petita. I que, a part, hi havia un full amb advertiments seriosos. Però qui hi pensava?

—A la seva salut, doctor Ensurts! —va brindar la Lola amb un refresc.

Aleshores el va veure. Qui? Qui? El doctor Ensurts? Què hi feia, el desconegut avi de la Fina a l'*insti*? No, i ara! Qui doncs?

Elegant. Pàl·lid. Amb uns ulls rodons i groguencs injectats en sang i una mirada penetrant que glaçava precisament la sang. La Lola s'havia enamorat? La Lola s'havia enamorat! A primera vista.

Ell la mirava, conscient del poder de la seva mirada terrible i atractiva alhora. Va somriure lluint uns ullals magnífics, amb unes taquetes de sang d'allò més realistes. Bé, més que realistes eren reals. En Borís, que estava encantat amb aquella festa, abans del viatge havia menjat per berenar un conillet. Amb les presses per aprofitar l'accés, a través del mirall d'aquella humana tan atractiva, no havia tingut temps per raspallar-se les dents.

Com ell, s'ho passava d'allò més bé, tota la classe de 1r Z de l'IEM-13.

Segur que us exclamareu: que petit que és el món (o els mons)! Vaja, quina casualitat, oi? De totes les classes de totes les escoles d'Espantilàndia, havia d'aparèixer precisament l'antiga de la Fina? Doncs no es tracta de cap casualitat. Però tot al seu temps.

Tornem, doncs, a la Lola i els seus sentiments desbocats.

La Glamur va veure davant seu un amor etern, que la mantindria jove i bonica per sempre més. Només calia deixar-se portar. Segur que als pares no els importaria gens ni mica.

—Hola, princesa. Em dic Borís —va murmurar-li el vampir a l'oïda.

—De fet, sóc reina. Però digue'm Dolors... Lola. Ets estranger, oi? Ho dic per l'accent.

—Es podria dir que sí. El que passa és que amb els ullals hi ha lletres que costen de pronunciar... —es va excusar en Borís.

—Ballem? —va proposar la Lola.

Quan es van tocar per primera vegada, es van estremir tots dos. Per raons diferents. Ella pel fred de la pell del nen. Ell per les ganes irreprimibles de clavar una bona queixalada a la nena. Al coll.

Us creureu que, des del mateix moment en què en Borís i la Lola es van mirar, quatre violinistes vestits de negre, amb camisa blanca i llacets van començar a tocar un nyigo-nyigo de pel·liculeta romàntica? Segurament no.

Digueu el que vulgueu, però quan en Borís i la Lola es van fer un petó ràpid, després de mirar a banda i banda, algú amb un accent raríssim va deixar anar aquesta frase:

—Talleu! És bona!

Tot i que en realitat va sonar així:

—Tällêü! És bönä!

21

Els caraculs, tot i ser minúsculs o petitois, com s'anomenen ells mateixos, no deixen de ser perillosos. No solament pel seu origen misteriós, desconegut fins i tot al món monstruós, sinó per la seva tendència al desordre, els embolics i la brutícia.

Continua sent un enigma per què apareixen i desapareixen, però el cert és que aquella nit de festa a l'institut no era el primer cop que accedien al nostre món.

Per estalviar-vos la consulta a la Viquipèdia, us faré cinc cèntims d'altres atacs petitois. El primer, una bretxa practicada a la Gran Muralla xinesa al segle x, de la qual parlen les cròniques en un to de pànic mai emprat fins aleshores. Tot i que, cal recordar que segons alguns autors la caiguda de l'Imperi Romà d'Occident, al segle v, pot ser que tingui a veure amb una onada de caraculs.

Hi ha constància més detallada del mal que poden provocar aquests minimonstres en un episodi documentat a finals del segle XIX. I hi ha qui diu que el naufragi del *Titanic* (i tant se val el que digui la famosa pel·lícula) va ser conseqüència d'un atac petitoi.

En efecte, els regnes de Parlònia del Nord i de Parlònia del Sud, a l'Europa central, es van declarar la guerra. Quina en va ser la raó? El que els espies de totes dues nacions van interpretar com a moviment de tropes dels enemics declarats no va ser sinó una monumental festa de caraculs. L'escalada de tensió entre tots dos governs, que s'acusaven mútuament d'invasió, va estar a punt de generar un conflicte bèl·lic sagnant, que hauria estat un precedent clar de la Primera Guerra Mundial. El testimoniatge de dos guardes fronterers de total confiança, un per bàndol, els cosins Goran i Anton Spzfsrst (no, no sé com es pronuncia aquest cognom), va acostar posicions i va evitar l'esclat del conflicte. Aquest va ser el pas previ a la reunificació. Val a dir que la divisió havia estat provocada, tres-cents anys abans, per una salvatge festa petitoia. La divisió entre Parlònia de l'Est i Parlònia de l'Oest, encara vigent, no hi té res a veure, és llarga i complicada d'explicar i no ho faré pas aquí.

Sigui com sigui, els caraculs són d'allò més perillosos: la Història ho demostra. Però fins ara no havien tingut un rei (o diguem-li reiet, per ser més exactes) amb els dots d'estratègia, l'ambició i la intel·ligència d'en Galtes Peludes III o Tercer. Vaja, que el nostre món ha begut oli.

22

Algú va esbombar (sempre hi ha portaplatets a tot arreu) que la Lola s'estava morrejant amb un nen molt elegant que anava disfressat de vampir, de tal manera que molt aviat el gimnàs en va anar ple.

Les reaccions van ser molt diverses. Els professors els buscaven per evitar els comentaris dels pares dilluns mateix. Com si els adults no haguessin estat mai entremaliats! Hi havia alumnes que es demanaven de quina classe era el nou amic de la Glamur. D'altres, que d'on havien sortit algunes disfresses terrorríficament ben fetes. Reals, en una paraula, vaja.

—No pot ser! No pot ser! —s'esgargamellava la Fina, precisament perquè sabia què s'estava tramant i el perill que corrien tots els humans si arribaven a sospitar que compartien ballaruga amb monstres monstres.

O si més no, la por que els agafaria a tots aquells inconscients disfressats, més per fer riure que per fer por.

En Borís i la Lola, lògicament, ho veien d'una altra manera. Semblava evident que el premi de reina de la festa seria per a ella. I que no li costaria gaire aconseguir que aquell nen tan ben plantat fos el *seu* rei. O encara més: el seu rei per sempre més. Ja es devia ensumar que en Borís era comte per part de pare i arxiduc per part de mare.

Quan ella li mirava els ulls, atreta pel seu magnetisme vampíric, sentia un vertigen, traduït a la perfecció per una música de violins que li venia al cap, no sabia ben bé per què, i que juraria haver sentit a la festa, per damunt de la música de ball.

—Lola, vols estar amb mi tota l'eternitat? —va demanar en Borís, encantador i afamat alhora, passant-se la llengua pels ullals esmolats.

—Sí, amor meu —va ser la resposta irreflexiva de la Lola.

—Encara que et faci mal? —va aclarir el nen, sorprès.

Encara era massa petit, i no havia tingut la Gran Xerrada d'Home a Home (perdó, de Vampir a Vampir) amb el seu pare, el comte

Vladímir. Això volia dir que segurament tenia una idea aproximada del que calia fer. Però només aproximada, és a dir, bastant minsa. Malgrat tot, no va tenir temps de donar llum verda al seu instint.

Un cop de puny el va deixar estabornit abans que es pogués preguntar ni tan sols d'on li havia arribat la castanya en aquella nit que de Castanyada en tenia ben poc.

—Però tu ets imbècil o què, nena?

Aquesta va ser exactament la mateixa frase que van cridar la Lola i la Fina alhora. Però volien dir coses diferents.

LOLA: Ets una envejosa i et fa ràbia que aquest nen tan guapo i que sembla estranger n'estigui molt i molt, de mi. Tant me fa que hagis fet un *booktrailer* i que t'hagi sortit bé. Ha! Això no vol dir que siguis una actriu de Hollywood. Reconeix-ho: sóc més guapa que tu i he tingut el meu primer petó d'amor abans que tu. Si és que no l'has fet abans al teu amiguet Enric, que seria patètic, per cert, perquè és un nap-buf. Ara mateix busco els *repes* perquè t'atonyinin. No et belluguis. Ja els donaré el que es mereixen, per cert. Però mentrestant, t'odio, t'odio i t'odio.

FINA: Ets una inconscient. Aquest nen ve d'un món monstruós, que es diu Espantilàndia, on tothom fa por. I ho sé perquè sóc d'allà i hi he viscut tota la meva vida. No sé com, encara que m'ho imagino, els nens i nenes de la meva antiga classe s'han colat a la festa de l'institut. Sí, perquè jo mateixa, encara que no ho sembli, però ara sí, perquè vaig disfressada, sóc monstruosa. Per cert, si deixes que en Borís (perquè vegis que el conec) et mossegui el coll, estareu junts per sempre. I ja no podràs mirar-te mai més en un mirall. Podràs suportar-ho, *guapa*?

Aquest hauria pogut ser el diàleg entre les dues antagonistes que més tírria s'havien tingut en tots els anys que l'institut feia que era obert. Si haguessin tingut ocasió de parlar, la història, us la cregueu o no, hauria estat ben diferent.

Però ni la Lola, que va anar a assistir el seu estimat, ni la Fina, que va arrufar el nas un segon, preocupada, no van dir una sola paraula d'això, encara que, ja podeu pujar-hi de peus (segurament) ho haurien pogut fer.

En comptes d'això, la Fina va fer cap immediatament a l'entarimat on hi havia el Tom (o el seu germà), el va empènyer, va aturar la música i va empunyar un micro.

Estava disposada a explicar a tothom que corrien un perill autèntic, amb aquells

monstres preadolescents que s'havien infiltrat a la festa de l'institut, sense que se sabés com. Si els deixaven quedar-s'hi, la festa seria *inoblidable*, però per raons diferents de les que pensaven.

El micro —no podia ser de cap altra manera— es va acoblar i va fer que centenars d'alumnes i professors es tapessin les orelles amb les mans.

El gest mecànic que va venir immediatament després va ser tapar-se el nas. La pudor era, senzillament, repugnant. No menys que la cançó que els arribava a cappella, amb una polifonia maldestra.

Anem cagant-nos pertot arreu.
Anem cagant-nos pertot arreu.
On anem?
On anem?
A tot arreu.
I què fem?
I què fem?
Cagar-nos per tot arreu!
Cagar-nos per tot arreu!

Tots, monstres i humans, humans i monstres, van experimentar el mateix terror, barrejat amb el fàstic més extrem, quan es van veure envoltats per nans banyuts plens de berrugues que tenien el mateix mal gust per vestir que per cantar. Els caraculs havien arribat al món humà, aprofitant el mirall per on havien vingut els alumnes de 1r Z de l'IEM-13. I el monarca petitoi, el Summe Petaner i Rotaire, en Galtes Peludes III, en Tercer, estava determinat a imposar-hi un ordre nou. El mateix que volia per a Espantilàndia.

Només li calia convocar els seus germans petitois d'arreu de la galàxia mitjançant un discurs rimat, difós amb el mirall adequat: el que tenia a les mans en aquell moment, per on havien entrat els nens de 1r Z de l'IEM-13. I els caraculs al darrere. Això era possible una nit de Castanyada cada setanta-set anys. Aquella nit, per ser més exactes.

23

El gimnàs feia por de veure: humans i monstres, barrejats, compartint espai i por (també fàstic), envoltats per desenes de caraculs que els empenyien i ridiculitzaven. Cal precisar, a més, que la talla reduïda dels petitois es veia compensada per una força física sobrehumana (i sobremonstruosa).

El silenci sobrevingut només el trencaven els sorolls ridículs i les cançons fastigoses i sense cap gràcia dels caraculs, que no repetiré aquí per respecte a la sensibilitat i la intel·ligència dels lectors.

En Tercer va agafar el micro i va saludar els seus súbdits amb un rot descomunal que va provocar-ne centenars de resposta. Tenia preparat un discurs en vers per a l'ocasió, de llargada considerable si s'ha de jutjar pel rotlle de paper de vàter que arrossegava per terra. Però abans que obrís la boca, quan tota esperança semblava perduda, va esdevenir alguna cosa que va colpir tots els que hi eren.

(Per cert: si aquesta història, que us podeu creure o no, com vulgueu, fos una pel·lícula, seria una comèdia o un drama? Us fa riure o plorar? Pregunta per a la reflexió. Reprenem el relat d'aquí tres, dos...)

Aleshores va aparèixer un vell malcarat i de llargues patilles, vestit amb una armilla

d'explorador apedaçada, amb les butxaques plenes d'andròmines, que arrossegava una cama metàl·lica plena d'engranatges, a joc amb un braç també metàl·lic. Tots dos ginys feien un zumzeig molest, com el del rodet d'una canya de pescar. La Fina va obrir una boca de pam.

Tenia un pressentiment, tal vegada corroborat per la presència de la Teté al costat del vell, que estossegava com a pas previ a parlar davant de tothom.

—Sóc ën Brämül Ënsürts î nô pënsö përmêtrë quê quätrë näns pûdënts...

La Teté traduïa simultàniament del transsilvà al català. Totes dues llengües tenien una retirada, difícil de reconèixer en un primer moment per la presència d'accents i dièresis diverses en totes les vocals. Per exemple: *hola* es diu *hölâ*. O, depenent del dialecte, *hôlä*.

—Sóc en Bramul Ensurts, director de cinema genial, i no penso permetre que quatre nans pudents fotin enlaire la meva gran pel·lícula. Vaja, amic Galtes Peludes, o foteu el camp ara mateix o jo mateix m'encarrego de ficar-vos dins del vàter i estirar la cadena ben fort, ben fort, perquè aneu a repoblar un planeta on la vostra pudor sigui perfum. Entesos?

La Fina va començar a lligar caps a una velocitat vertiginosa. Vet aquí les conclusions a què va arribar:

1. La sensació de trobar-se *dins* d'una pel·lícula, cosa que havia experimentat diverses vegades, era real.

2. L'avi, aquell vell amb aquell accent tan tancat, era, segons deia, un director de cinema genial. Això volia dir que feia pel·lícules rares que emetien a altes hores de la nit pel canal 33.

3. Segur que ell havia mogut els fils perquè la festa de Halloween de l'institut ajuntés humans i monstres.

4. Segur que l'havien fet fora d'Espantilàndia per la seva peculiar manera de treballar. La gent de tots dos mons deu pensar que les pel·lis o són humanes o són monstruoses.

5. Segur que la Teté, que amagava el seu pare a casa, va convèncer en Corduli i l'Horrorosa perquè enviessin la nena al món humà.

6. Entre tots plegats havien escrit el guió per a una primera coproducció humano-monstruosa, en què la protagonista, sense saber-ho, era la primera actriu mestissa de la història: la Fina Ensurts.

7. La pel·li estava a punt d'acabar: la prova era que alguns s'havien adonat d'alguns detalls de rodatge, com el crit «Tällêü! És bönä» o els mateixos músics del moment romàntic entre la Lola i en Borís.

8. En Bramul tenia molt mala jeia, i ara per ara estava més que empipat amb aquells ninots pudents i amb el seu rei.

9. De cap manera era casualitat que aquella nit hi hagués l'antiga classe de la Fina al gimnàs de l'institut.

24

Tot just ara que heu descobert, amb l'ajut inestimable de la Fina, que aquest és el llibre de la pel·lícula (o la pel·lícula del llibre, no em feu dir què va ser abans), vindria una nova pregunta: si l'avi Ensurts i en Tercer lluitessin en una batalla èpica, acompanyada per música d'allò més animada de violins i de percussió, el resultat seria una pel·lícula d'aventures?

No cal que respongueu. Només pareu bé l'orella, vull dir, llegiu amb atenció i no permeteu que res ni ningú us faci perdre el fil d'aquesta història, que està a punt d'acabar.

—Tëté, fïlmä ël quë vê ärâ! —va cridar el vell, alhora que brandava una espectacular espasa làser pròpia d'una altra pel·lícula i no pas d'aquesta.

Estava segur de la victòria, cosa que sens dubte desitjaven humans i monstres que

estaven, gràcies als missatges de mòbil, al cas del perill que corrien tots dos mons.

—Et destrossaré! —va cridar en Tercer amb una veu infantil, que hauria fet riure a tothom si no fos per l'emoció i pel perill del moment.

I per no quedar curt, va treure una altra espasa làser.

—Ton pare ho va intentar i només ho va fer a mitges —i el vell va assenyalar-se, aleshores, les extremitats metàl·liques, ortopèdiques i segurament úniques—. El teu pare, en Segon, em va trossejar com un pollastre, maleït sia. Però el vaig guanyar. I ara et tocarà el rebre a tu.

A hores d'ara l'accent transsilvà resulta entenedor, oi?

—Jo sóc molt millor que mon pare —va amenaçar en Tercer tallant una espatllera del gimnàs com qui talla formatge.

—Menys xerrameca i més acció! —va cridar en Bramul envestint amb una agilitat increïble per a la seva edat, producte d'hores i hores jugant a videojocs.

Els cops d'espasa làser feien saltar guspires també làser, a una velocitat frenètica, de videojoc. Els «ooh», «aah» i «ai» dels que eren al gimnàs se seguien sense pausa. Els dos campions es batien en un duel tan i tan igualat, que només un cop de sort o una argúcia decantaria la balança cap a un costat o l'altre. Suaven de valent, tot encaixant i esquivant cops sense defallir, intercanviant, com en qualsevol pel·lícula d'acció, frases enginyoses sense ni tan sols panteixar. Si no les transcric és perquè el ritme de la lluita era tan frenètic que no tenia temps de copiar-les.

Així durant una bona estona. Els espectadors seguien, bocabadats, les evolucions dels dos lluitadors.

De mica en mica, cansats de seguir un combat tan igualat, alguns començaven a queixar-se de mal de coll, de tant tombar-se.

D'altres badallaven, potser perquè trobaven a faltar algun cop d'efecte que avancés esdeveniments.

També n'hi havia que, senzillament, frisaven per poder acostar-se a la taula on hi havia els entrepans i els refrescos.

El cop definitiu va arribar de manera sobtada.

Una maniobra temerària d'en Tercer va provocar que s'entrebanqués amb la cama ortopèdica d'en Bramul. Una mena de venjança, de justícia poètica, vaja. En Galtes Peludes II li havia tallat la cama, i la pròtesi metàl·lica, en comptes de ser un impediment, l'ajudava a derrotar el fill, molt més perillós, però, malgrat tot, pitjor espadatxí que son pare. Resultat: el petitoi per terra, a mercè del guanyador.

En Bramul no s'ho va pensar gens ni mica. Coneixedor de l'èpica monstruosa, sabia que tallant el cul al rei dels caraculs els derrotava per setanta-set anys. Per alguna raó era de la dinastia dels Culgròs. D'aquí a setanta-set anys, ja s'espavilaria la gent d'aleshores.

I així va procedir, amb la precisió d'un cirurgià, enmig dels aplaudiments del públic i dels laments dels petitois, que ni tan sols mentre el mirall de la Glamur se'ls empassava per endur-se'ls ben lluny no van deixar de cantar (per anomenar-ho d'alguna manera).

—Tallêu! És böna! —va cridar en Bramul, ara gairebé en català.

I el gimnàs es va omplir d'aplaudiments i d'udols. I els ulls de la Fina i de la Teté, de llàgrimes d'alegria. I tot seguit, totes dues van córrer a abraçar en Bramul.

EPÍLEG

Mesos després va ser la gran estrena de la pel·lícula: *La Fina Ensurts*. Era el primer film de la història que s'estrenava de manera simultània a Espantilàndia i al nostre món. Amb actors de tots dos costats del mirall.

Hi havia futures promeses del setè art, com la Lola i en Borís que havien signat un contracte per a una saga romàntica per a adolescents. Des que s'havia sabut, milers de fans feien cua disciplinadament per aconseguir un autògraf o els perseguien per obtenir una foto robada. La llàstima era que ja no sortien junts, per la qual cosa el rodatge se'ls faria més que etern. A la cerimònia de l'acte de la projecció, el president de la Generalitat i el primer ministre d'Espantilàndia van fer els seus discursos, tan avorrits com aplaudits.

Amb l'arribada de la foscor a la sala, crítics i públic, contenint la respiració, van submergir-se en la trama. Es van indignar amb els maltractaments rebuts per la Fina, van meravellar-se del trànsit d'un món envers l'altre, van veure el contrast entre tots dos mons, van riure amb les bestieses de la Lola i dels bessons... Ras i curt, durant una hora i mitja van tenir davant d'ells un mirall enorme, molt especial, on es projectaven les pròpies pors, els propis dubtes i els

mateixos problemes que havien patit en alguna ocasió.

L'única que patia a la sala era la Fina, i no era per l'esforç d'haver de memoritzar el discurs per a després de la projecció. Tenia només cinc minuts i massa coses a dir, massa emocions juntes, per deixar-les anar tant davant d'un públic desconegut, com també de les persones que més s'estimava al món, millor dit, als mons. La seva família monstruosa i els seus amics humans. En veure aparèixer els títols de crèdit va començar a respirar fondo i va fer cap a l'escenari. Allà, un llum descontrolat li va enviar una llambregada del seu reflex en un mirall situat al lateral, que segurament formava part de l'attrezzo d'una obra de teatre representada a la mateixa sala. Quan els focus la van il·luminar, no veia ningú entre el públic i tots la veien a ella. Els aplaudiments van deixar pas a un silenci expectant.

Una nena, aparentment normal, anunciava a tothom que aquella era la seva primera i última pel·lícula, i que tenia una llarga, llarguíssima llista d'agraïments.